Stéphanie
Deschênes

Nous remercions le ministère du Patrimoine canadien,
la SODEC et le Conseil des Arts du Canada
de l'aide accordée à notre programme de publication

  Patrimoine   Canadian
canadien   Heritage

 Conseil des Arts   Canada Council
du Canada   for the Arts

ainsi que le Gouvernement du Québec
– Programme de crédit d'impôt
pour l'édition de livres
– Gestion SODEC.

Nous reconnaissons l'aide financière
du Gouvernement du Canada
par l'entremise du Programme d'aide au développement
de l'industrie de l'édition (PADIÉ) pour ce projet.

Illustration de la couverture :
Gérard Frischeteau

Couverture :
Conception Grafikar

Édition électronique :
Infographie DN

Dépôt légal : 2ᵉ trimestre 2006
Bibliothèque nationale du Canada
Bibliothèque nationale du Québec

1234567890 IML 09876

ANTHRAX CONNEXION

• Série Biocrimes •

DE LA MÊME AUTEURE
AUX ÉDITIONS PIERRE TISSEYRE

Collection Chacal, série Biocrimes
Le chien du docteur Chenevert, 2003.
Clone à risque, 2004.

Collection Sésame
Les saisons d'Émilie, 2004.
Les gros rots de Vincent, 2005.

Chez d'autres éditeurs
L'atlas mystérieux, Soulières, 2004.
L'atlas perdu, Soulières, 2004.
L'atlas détraqué, Soulières, 2005.
La tisserande du ciel, Isatis, 2005.

Catalogage avant publication
de Bibliothèque et Archives Canada

Bergeron, Diane, 1964-

    Anthrax Connexion

    (Collection Chacal ; 36)
    Pour les jeunes de 12 ans et plus.

    ISBN 2-89051-940-6

    I. Frischeteau, Gérard, 1943- . Titre II. Collection

PS8553.E674C66 2006   jC843'.6   C2005-941256-0
PS9553.E674C66 2006

ANTHRAX CONNEXION

Biocrimes 3

DIANE BERGERON

roman

ÉDITIONS
PIERRE TISSEYRE

5757, rue Cypihot, Saint-Laurent (Québec) H4S 1R3
Téléphone : (514) 334-2690 – Télécopieur : (514) 334-8395
Courriel : ed.tisseyre@erpi.com

Avertissement

«Anthrax» est le nom anglais de la maladie du charbon, une maladie infectieuse commune à l'homme et à plusieurs espèces animales, causée par les spores de la bactéridie charbonneuse ou bacille du charbon, *Bacillus anthracis*. Le terme «anthrax» est utilisé dans ce texte au même sens que l'appellation «charbon», moins connue.

Les situations et les personnages de ce roman sont fictifs. Toute ressemblance avec des personnes vivantes ou décédées ne serait que pure coïncidence.

*Aucune cause juste
ne peut être servie par la terreur.*

KOFI ANNAN,
secrétaire général de l'ONU

*L'ennemi à abattre,
ce n'est ni l'Occident, ni l'Orient,
ni le Moyen-Orient, ni l'Extrême-Orient:
l'ennemi, c'est l'intolérance,
sous toutes ses formes.*

ANONYME

Remerciements

À Alain Richard, mon amoureux, qui m'accompagne avec enthousiasme dans cette extraordinaire aventure ; à mon amie Josée Levesque, qui a su me remettre à plusieurs reprises sur la bonne route ; et à François Gaumond et Marie-Claude Champagne pour leurs commentaires et leur soutien et leur amitié.

À Lucie et Rémi, mes amis snowbirds,
*parce que quelqu'un doit la vivre,
cette vie!*

Prologue

Il ne reste qu'un conteneur à ouvrir. Depuis la vague d'immigration illégale en provenance d'Haïti et l'interdiction d'importation de certains produits touristiques souvent naturellement contaminés par la bactérie du charbon, les courtiers des douanes du port maritime de Miami doivent inspecter tous les conteneurs qui proviennent de ce pays.

Malgré ses cinq ans d'ancienneté, le douanier Derek White n'a encore jamais vu autre chose que des marchandises régulières dans ces immenses conteneurs de métal. Il a pourtant entendu bien des histoires à faire dresser les cheveux sur la tête… Pour lui, cette journée n'est pas différente des précédentes, et, lorsqu'il rentrera à la maison tout à l'heure, il n'aura comme d'habitude rien d'intéressant

à raconter à sa copine, que la taille exception-
nelle des rats qu'il a délogés.

En étouffant un bâillement, il entreprend
de déverrouiller le cadenas avec la clé mise
à sa disposition par le responsable des terminaux. Il fait glisser la barre retenant les deux
portes, puis il bande ses muscles et les ouvre.
Un rat file entre ses jambes alors qu'une forte
odeur d'ammoniac le prend à la gorge : de
l'urine et une puanteur âcre qu'il ne reconnaît pas immédiatement. Étonné, il recule et
consulte le manifeste des marchandises fourni
par le capitaine du *El Marino*, cherchant à
voir si un détail important lui a échappé. Rien
n'indique que ce chargement transporte des
animaux, vivants ou morts.

Il prend sa lampe de poche et entre lentement dans la caisse métallique en retenant
sa respiration. Il doit déplacer plusieurs boîtes
de carton et des plantes en pot afin de se
frayer un chemin vers le fond. *Des plantes
vivantes,* note-t-il mentalement. Il devra en
faire rapport. Les plantes sont trop souvent
porteuses de bactéries ou de virus « exotiques », qui voyagent en toute discrétion dans
le terreau. La plupart de ces parasites ont peu
de chances de se développer dans leur pays
d'origine, soit à cause du climat, soit en raison

de la présence d'ennemis naturels, mais ils peuvent causer des désastres en changeant d'habitat.

Derek parvient enfin à s'aménager un passage. Il éclaire alors les murs, puis le sol devant lui. Ses poils se hérissent aussitôt sur ses bras. Portant la main à sa bouche, il court à l'air libre pour vomir.

Non, de toute sa vie, jamais il n'a vu une scène pareille, et cela dépasse même les descriptions de ses collègues. En toute hâte, Derek White referme les portes du conteneur et, prenant la bouteille d'eau qui pend à sa ceinture, il s'asperge les mains et le visage, puis se rince la bouche. En tremblant, il compose le numéro des autorités portuaires.

1

Des vacances
bien méritées

Steve ralentit et s'installe dans la courte file de voitures qui attendent, en ce lundi matin, au poste-frontière de Lacolle[1]. Annie fouille dans son sac à main pour trouver son passeport. Steve a déjà préparé le sien, qu'il a posé sur le tableau de bord. Il tapote nerveusement le volant.

— Tu me laisses parler, d'accord ?

— Pourquoi ? lui répond la jeune femme, surprise. Je n'ai rien à cacher. Je n'ai emporté ni fruits ni légumes frais, pas de viande non plus. Je ne vois pas pourquoi tu es si nerveux.

— Je suis toujours nerveux lorsque je passe la frontière. Les douaniers ont le don de me faire sentir coupable.

---

1. Important poste-frontière entre le Québec et l'État de New York.

— C'est comme les policiers pour d'autres, suggère Annie en riant. Détends-toi, Steve. Dans quelques minutes, nous traverserons aux États-Unis, et à nous la route des vacances! Imagine un peu, d'ici deux jours, nous serons étendus sur une plage de Miami, à nous faire bronzer au soleil. Durant les deux prochaines semaines, les seuls morceaux de glace que nous verrons flotteront sur nos limonades. Et si tu t'ennuies, nous enverrons une belle carte postale à tous nos collègues de la Criminelle de Sherbrooke.

— Tu as oublié le sable dans le maillot de bain, les coups de soleil, la *tourista* et les moustiques. Sans parler des gangs de rue, des motards, de la criminalité et…

— Bon, bon, Steve, ça suffit! Tu vas gâcher le voyage avant même qu'il ne commence.

— Je plaisantais, voyons. J'ai aussi hâte que toi d'arriver à destination et d'oublier ces fichus derniers mois…

Annie se renfrogne. Non, elle ne risque pas d'oublier de sitôt ces mois au cours desquels elle a risqué sa vie et celle de Steve[2].

---

2. Voir *Clone à risque*, de la même auteure, dans la même collection.

Afin de retrouver une jeune fille disparue, elle avait décidé d'enquêter sur un groupe sectaire au moyen de sa méthode personnelle, c'est-à-dire en se faisant passer pour une nouvelle recrue. Malgré les avertissements de Steve, son partenaire, le gourou avait réussi à la prendre dans ses filets. Les manipulations mentales et physiques qu'il lui avait infligées lui avaient laissé de très mauvais souvenirs. Ainsi qu'à Steve, qui en gardera toujours une cicatrice sur la joue, rappelant à Annie de modérer ses ardeurs et de ne pas laisser son éternelle insouciance la guider.

Steve saisit la main d'Annie et la garde dans la sienne. Son regard amoureux rassure la jeune femme : il ne lui en tient pas rigueur. Elle s'est beaucoup remise en question depuis, cherchant à comprendre pourquoi elle agit toujours comme si son existence n'était qu'un simple jeu vidéo où un code suffit pour s'assurer des crédits de vie illimités. Elle en est venue à la conclusion que c'est justement à cause de ses sursauts d'adrénaline et de ses frictions aux frontières de la mort qu'elle aime tant son travail. Mais elle a aussi compris que, si la mort ne lui fait pas peur, elle doit se garder de mettre les autres en danger, particulièrement son coéquipier.

Ils traversent lentement la frontière canadienne, puis, arrivés dans la zone internationale, un douanier leur fait signe de se garer
de côté. Steve obtempère en jurant entre ses
dents. L'homme arbore la feuille d'érable de
la douane canadienne. Il regarde Steve et
Annie avec insistance et leur demande :

— Vos papiers !

En silence, il examine les passeports.
Il hoche la tête, puis se penche et examine
l'intérieur de la voiture. Les deux vacanciers
retiennent leur respiration, mal à l'aise.

— Vous n'avez pas emmené votre chien ?

— Hein ? Je crois que vous vous trompez
de personne.

— Vous êtes policiers ? Ceux qui ont
enquêté sur les morts de Stancove[3] ?

Steve déglutit avant de répondre :

— Euh… oui, c'est nous. Ça remonte déjà
à quelques mois. Vous avez suivi l'enquête ?

— Oui. D'un peu plus près que la majorité des gens…

Anxieux, Steve se demande ce que peut
bien leur vouloir cet homme. A-t-il un compte
à régler avec eux ? Du regard, il interroge

---

3. Voir *Le chien du docteur Chenevert*, de la même auteure,
   dans la même collection.

Annie, qui hausse les épaules, tout aussi déconcertée.

— Je ne comprends pas pourquoi vous nous dites ça. L'une de vos proches habitait le village ? hasarde le conducteur.

— Je suis le cousin de Clovis Gendron, l'homme que l'on a appelé «le coupeur de têtes». Je pense que vous n'auriez pas dû le manquer, dans les souterrains. De tels fous ne méritent pas de vivre.

— Ce n'était pas à nous de décider de sa vie ou de sa mort, plaide Annie, soulagée de la tournure des événements. Les circonstances ont voulu qu'il reste en vie. Il était malade et sous l'emprise du docteur Chenevert. À l'heure actuelle, il n'est plus un danger pour personne. Est-ce que nous pouvons continuer notre chemin, maintenant ? Nous avons une longue route à faire.

Le douanier remet brusquement les passe-ports aux deux policiers et leur fait signe d'avancer. Steve remonte sa vitre et démarre. Le passage de la frontière américaine se fait sans anicroches. Quelques centaines de mètres plus loin, après s'être assuré que personne ne les suivait, il laisse s'échapper un immense soupir.

— J'ai cru un moment qu'on ne passerait jamais. Tu as eu du culot de lui dire ça.

— À chacun son travail. Il n'a pas à nous dire ce qu'on doit faire comme policiers. Maintenant, appuie sur l'accélérateur et à nous la Floride !

Miami Sun,
édition du mardi 26 avril 2005

VINGT CADAVRES «DÉBARQUENT»
AU PORT DE MIAMI

C'est le courtier des douanes, Derek White, qui a fait la macabre découverte, hier soir, un peu avant dix-sept heures, en inspectant un conteneur transporté par le cargo *El Marino,* en provenance d'Haïti, au terminal numéro huit du port de Miami. Immédiatement, un cordon de sécurité a été installé pour empêcher quiconque de s'approcher à moins de deux cents mètres. Le quai est resté désert jusque vers vingt heures trente, alors que des employés de la CDC[4], division des maladies infectieuses, sont arrivés sur les lieux, revêtus d'une

---

4. Le Center for Disease Control and Prevention, ou Centre de prévention et de contrôle des maladies.

tenue complète de protection, avec masque à oxygène. Ils sont demeurés un long moment dans le conteneur avant d'en sortir avec des échantillons. Pendant ce temps, une douche de décontamination a été installée, et plusieurs travailleurs des terminaux à conteneurs ont dû se soumettre à cette mesure préventive. Ensuite, pas moins de vingt sacs mortuaires portant le sigle de la CDC ont été transférés dans des fourgons spéciaux. Des scellés ont été apposés sur le conteneur.

Il a été impossible d'obtenir plus de renseignements ou de parler au douanier Derek White, visiblement sous le choc. Le silence des autorités et les mesures extraordinaires prises par la CDC portent à croire que les individus retrouvés dans le conteneur auraient péri des suites d'une maladie très virulente.

Marc Therrien termine de nettoyer la piscine lorsque madame Laflamme l'apostrophe :

— Marc ! J'ai des ennuis avec mon évier de cuisine. Pourriez-vous y jeter un coup d'œil ?

L'homme à tout faire des condominiums *Silver Tower* sourit intérieurement. Les *snowbirds*, ces personnes âgées qui passent les pires mois de l'hiver québécois en Floride, l'aiment bien. Il s'occupe de tous les travaux d'entretien général de cette spacieuse construction regroupant plus de cinquante condominiums aménagés de façon très sécuritaire. Toutes les portes des appartements donnent sur une magnifique cour intérieure avec piscine, jardins et aire de détente. Même le stationnement, accessible seulement aux résidents, est protégé par une barrière. Les fonctions de Marc l'amènent souvent à tenir compagnie aux gentilles veuves esseulées et à leur rendre quelques petits services. Madame Laflamme partage son trois pièces et demi avec son canari, Buzz, qui a la mauvaise habitude de jeter des mouchoirs de papier dans les éviers. Ne vérifiant pas toujours avant d'ouvrir le robinet, elle se retrouve régulièrement avec des conduits bouchés.

— Encore un tour de votre Buzz, madame Laflamme ?

— Que voulez-vous, mon beau Marc, il s'ennuie, avec une vieille radoteuse comme moi ! Mais venez, je vous ai cuisiné des biscuits au beurre d'arachides. Ils sortent tout juste du four.

— Tant qu'il y a des biscuits, je suis prêt à réparer votre évier tous les jours, mamie !

Madame Laflamme, mère d'un unique enfant, qui est prêtre depuis vingt-cinq ans à Trois-Rivières, n'a jamais eu la chance de gâter des petits-enfants. Elle insiste pour que Marc l'appelle « mamie ». Dans le condo de la vieille dame, le *Miami Sun* affiche à la une la nouvelle du « conteneur de la mort ». Marc pointe l'article de son doigt et commente :

— Les immigrés haïtiens, ils imaginent toutes sortes de moyens pour arriver ici. Ces vingt-là vont nous coûter cher. Vous avez vu les saletés de microbes qu'ils nous ramènent ?

— Qu'est-ce qui vous fait croire qu'ils sont morts d'une maladie ?

— Mamie, la CDC ne se déplace pas d'Atlanta pour rien. Les corps qu'ils ont sortis de ce conteneur n'avaient pas la varicelle, c'est certain !

— J'espère que ce n'est pas contagieux. Imaginez qu'un des locataires de l'immeuble l'attrape…

— Vous n'avez rien à craindre en restant ici, mamie. Rien à craindre…

23

Il est vingt-trois heures lorsqu'Annie gare enfin la voiture dans le parc de stationnement du *Silver Tower*. Les parents de Steve y ont acheté un logement en copropriété au niveau des jardins, il y a quelques années. L'appartement est propre, bien qu'un peu vieillot, mais ce sera parfait pour leurs vacances, songe la jeune femme. Dans la chambre, elle s'allonge sur le lit en soupirant d'aise. Steve la regarde avec un grand sourire en pensant qu'au moins, ici, il pourra la surveiller de près, de très près même.

— Je vais chercher les valises.

— Que dirais-tu, ensuite, d'un petit bain de minuit à la piscine ?

— Annie, ce sont des personnes âgées qui habitent ici.

— Justement, elles dorment toutes, à cette heure !

Dix minutes plus tard, Annie traverse la cour intérieure et ouvre la grille de la piscine. Personne. Les lampadaires sont éteints. Dans l'obscurité, la jeune femme dépose sa serviette sur un transatlantique et se penche pour toucher à l'eau.

— Steve, si tu ne viens pas tout de suite, je flirte avec le premier venu.

Annie n'a pas besoin d'insister. Steve plonge à l'extrémité de la piscine et il la rejoint sous l'eau. Elle a enlevé le haut de son bikini. Il la serre dans ses bras et l'embrasse. Tout à coup, des lampes s'allument tout autour de la piscine.

— Hé ! Qu'est-ce que vous faites là ? Vous êtes dans une piscine privée. Sortez de l'eau immédiatement, ou j'appelle la police.

— Zut ! Mon maillot, chuchote Annie, hésitant entre l'inquiétude et le fou rire.

Steve, lui, s'esclaffe franchement et, avant de sortir de l'eau, murmure à l'oreille d'Annie :

— N'oublie pas, j'étais le « premier venu » !

Embarrassée, Annie récupère le haut de son bikini sur le côté de la piscine, l'enfile rapidement sous l'eau et rejoint Steve, qui est en grande conversation avec le gardien.

— Marc, je te présente Annie, ma… fiancée. Annie, Marc Therrien, il est le concierge du *Silver Tower*, mais il vient de Montréal. Je lui expliquais que mes parents nous ont prêté leur condo pour nos vacances.

Annie serre la main de Marc. Celui-ci retient la main fraîche de la jeune femme en plongeant son regard dans le sien. Un peu trop au goût du policier, qui remarque les yeux bleus et le visage hâlé aux traits virils et confiants du garçon. Steve prend Annie par la taille et ajoute :

— Vous ne devez pas voir de jeunes gens bien souvent par ici.

— En effet, répond Marc, sans quitter Annie du regard. Ces condos sont réservés aux personnes de cinquante-cinq ans et plus. D'habitude, nous n'acceptons les enfants de nos pensionnaires que s'ils sont accompagnés de leurs parents…

— Ah ! C'est étrange, articule Steve, mes parents ne m'en ont rien dit. Crois-tu que notre présence posera un problème ?

— Ça dépend toujours des résidents. C'est la saison creuse en ce moment. Ils sont presque tous partis, et ceux qui sont encore là ont bien besoin de compagnie. Vous pouvez rester, mais, surtout, pas d'invités, pas de fêtes, ni de bière autour de la piscine et… oubliez les bains de minuit, mademoiselle ! ajoute-t-il avec un sourire appuyé. Si je reçois une seule plainte des propriétaires, je vais devoir appliquer le règlement.

Annie sent ses joues devenir écarlates. Elle hoche la tête et se hâte vers l'appartement. Une fois la porte refermée, elle se tourne vers Steve et le regarde droit dans les yeux.

— Comme ça, nous sommes… fiancés ?

Steve est décontenancé. Il a été surpris par la présence de ce jeune Québécois dans un endroit où les retraités règnent en maîtres. Ses hormones lui ont joué un mauvais tour et, inconsciemment, il a voulu signifier à Marc : « On ne touche pas, propriété privée ! » Mais maintenant, devant Annie, si indépendante et si peu possessive en amour, il ne sait sur quel pied danser.

— Euh… il m'a pris au dépourvu. Je…

— Grand macho, va ! Un mâle se pointe, et le loup se sent obligé de marquer son territoire !

Penaud, le « loup » garde le silence. Il fixe les sandales d'Annie, si délicates et féminines comparées aux grosses bottes de travail qu'elle porte habituellement.

— Es-tu sérieux, Steve ?

Pour être sérieux, ça, il n'en doute pas. Mais comment savoir si Annie, elle, est prête à entendre ce qu'il a à lui dire ? Comment lui faire comprendre qu'elle est non seulement importante, mais essentielle pour lui ? Comme l'air qu'il respire, comme le sol sous ses pieds. Les épreuves qu'ils ont traversées ensemble, la mort qu'ils ont frôlée de si près, ces nombreuses fois où, par amour et malgré ses

27

propres attentes, il a su se retirer pour permettre à sa belle de jouir de la liberté nécessaire à son épanouissement personnel, tout cela lui a prouvé qu'il ne pouvait exister sans elle. Avec une angoissante impression de sauter dans le vide sans filet de sécurité, il bredouille :

— Oui, Annie, je suis sérieux. Je… je t'aime, Annie. Je ne peux pas faire autrement… Je t'aime, c'est comme ça… Veux-tu… m'épouser ?

Ces dernières paroles lui ont échappé. Il se frapperait la tête sur le mur tellement il est furieux contre lui-même. Quel idiot il fait ! Lui et sa fichue timidité… Comme la jeune femme ne répond pas, il ferme les yeux et s'éloigne d'elle.

— Excuse-moi, Annie. Je crois que j'ai fait un fou de moi…

— Non Steve, c'est juste que ta… proposition me prend un peu par surprise. Tu ne trouves pas cela un brin… prématuré ? J'ai à peine vingt et un ans, tu sais. Ne crois-tu pas que l'on pourrait attendre quelque temps et apprendre à se connaître un peu plus avant de prendre une décision aussi importante ? C'est précisément pour cela qu'on a pris des vacances, non ? Pour se connaître autrement qu'au boulot ?

— Oui… Tu as peut-être raison, murmure Steve, en s'efforçant de sourire pour cacher sa terrible déception.

Annie lui passe les bras autour du cou et commence à l'embrasser. En soupirant, Steve se laisse gagner par la tendresse de sa jeune et imprévisible amie… Elle lui murmure quelque chose à l'oreille, et les deux tourtereaux retournent à leur chambre, en riant.

2

Le CDC enquête

— Gary, convoque une réunion d'urgence. Je veux toute la division des maladies infectieuses dans dix minutes.

— Toute la division ? Où est-ce que je vais les installer ?

— Dans l'auditorium. On s'empilera. Nous avons de sérieux problèmes sur les bras.

À l'heure dite, dans l'auditorium bondé, la directrice écrit en grosses lettres, au tableau noir :

* ANTHRAX, forme pulmonaire

* Nombre de victimes : vingt

* Origine : Haïti ?

* Terre contaminée ou bioterrorisme ?

Le brouhaha qui suit remplit la pièce surchauffée. Depuis deux jours, la nouvelle avait eu tout le loisir de se propager et de stimuler l'imagination. Toutes sortes de scénarios circulaient, malgré le fait que les employés ayant procédé aux prélèvements et à l'analyse des échantillons avaient été tenus au silence. Mais personne n'avait jamais mentionné la possibilité d'un nouvel attentat terroriste.

La directrice, Jodie Martins, attend silencieusement que la tension diminue. Elle aussi avait reçu la nouvelle avec effroi. Maintenant, son rôle est de prévenir une nouvelle crise avant qu'elle ne prenne l'ampleur de celle des Postes[5], en 2001.

— Je vous ai réunis pour vous mettre au courant de la situation. Les vingt personnes retrouvées dans le conteneur du *El Marino* sont toutes décédées de la forme pulmonaire de la maladie charbonneuse. Je n'ai pas besoin de vous rappeler que la forme pulmonaire est très grave et demeure fatale dans quatre-vingt-quinze pour cent des cas, sauf si elle est traitée avant l'apparition des symptômes.

5. À la suite des détournements d'avions sur les tours du World Trade Center et sur le Pentagone, le 11 septembre 2001, des lettres contenant des spores du bacille du charbon avaient été envoyées à deux sénateurs à Washington et à des stations de télévision. Il y avait alors eu dix-huit personnes contaminées (onze de la forme pulmonaire), et cinq en étaient mortes.

Une main se lève dans l'assistance :

— D'après le rapport du douanier portuaire, un rat se serait échappé du conteneur lorsque la porte a été ouverte. Y a-t-il un danger de contamination non contrôlable ?

— Heureusement, nous n'avons rien à craindre de la contagion, car la maladie se transmet uniquement par contact avec les spores de la bactérie ou lorsque celles-ci sont avalées ou inhalées.

« Ceux d'entre vous qui ont travaillé dans le conteneur contaminé ou à proximité sont déjà sous traitement antibiotique préventif. Ceux qui n'étaient pas à la CDC en 2001 devront être vaccinés. Pour les autres, un simple rappel d'immunisation sera nécessaire. Quant aux civils, nous allons établir la liste de ceux qui ont pu être en contact avec ce conteneur avant son départ et pendant la traversée. Ils sont susceptibles d'avoir été contaminés. Pour le reste, nous devons une fière chandelle à Derek White, l'agent des douanes qui a inspecté le conteneur. Il a eu la présence d'esprit de communiquer immédiatement avec les autorités et d'empêcher quiconque de s'approcher du lieu. Il a été mis sous antibiothérapie et, pour l'instant, il n'a développé aucun symptôme de la maladie. Je vous rappelle toutefois que la forme pulmonaire peut prendre entre deux et soixante jours avant de se manifester, ce qui nous oblige à être très prudents.

« La souche bactérienne a été identifiée ce matin par notre laboratoire. Il s'agit de la souche Ames, la même que celle qui a été utilisée par les terroristes lors de la crise des Postes. Nous attendons une analyse plus approfondie pour déterminer si une mutation pourrait être à l'origine de l'action foudroyante de la bactérie dans le conteneur.

— Pourquoi dites-vous « foudroyante » ? demande un autre employé à l'arrière de la salle.

— D'après le coroner, tous les décès sont survenus dans une plage de quarante-huit heures. Or, si les passagers du conteneur avaient été contaminés durant le voyage, ils ne seraient pas encore morts. Il faut donc qu'ils aient inhalé la bactérie avant leur départ, ou qu'une mutation dans le génome de la bactérie l'ait rendue extrêmement maligne. Dans le premier cas, nous trouverons d'autres victimes au port d'origine. Mais Haïti n'est pas l'Amérique. Des cas de contamination ou même de décès causés par l'anthrax, une maladie endémique dans les pays sous-développés, peuvent facilement passer inaperçues.

— Et dans le second cas, conclut l'employé, si la bactérie a muté, il se pourrait que l'antibiothérapie ou le vaccin, ou encore les deux, ne soient plus efficaces…

Une clameur inquiète envahit la salle. Jodie Martins attend que le calme revienne en songeant à l'effet qu'aurait une telle nouvelle sur le CDC et la population. Prudente, Jodie élude la question :

— Il est trop tôt pour le savoir. Nous considérons toutes les éventualités pour être prêts à intervenir. Je n'ai pas besoin de vous rappeler l'absolue discrétion à laquelle vous êtes tenus. Vous ne devez fournir aucun commentaire aux journalistes, ou à quiconque en dehors de ce bureau. Le service de presse du CDC s'occupera de divulguer les résultats en temps voulu.

« Le FBI[6] enquête avec nous. Il envisage sérieusement la thèse du bioterrorisme et tente de déterminer s'il s'agit des mêmes terroristes que ceux qui étaient à l'origine de la crise des Postes. Souvenez-vous qu'aucun

6. Le Federal Bureau of Investigation, ou Bureau fédéral d'investigation.

35

suspect n'avait alors été appréhendé. Vous êtes donc priés d'offrir aux agents du FBI votre entière collaboration. Je vous remercie de votre attention. »

Le brouhaha reprend de plus belle. Pendant que les employés sortent de l'auditorium, une jeune femme se fraie un passage vers la patronne.

— Excusez-moi de vous déranger, madame la directrice, mais il y a un certain Roger Tourignon qui désire vous rencontrer.

— A-t-il pris rendez-vous ?

— Non, mais il insiste…

— Roger Tourignon ? Je ne crois pas le connaître. C'est un de nos amis canadiens ?

— Français, plutôt. Il dit être d'Interpol.

— Interpol ? Qu'est-ce que la Police Internationale vient faire ici ? Nous ne travaillons jamais directement avec eux. Vous a-t-il donné la raison de sa présence ?

— Non, mais il a immédiatement pris possession de votre bureau. J'ai bien essayé de l'en empêcher, croyez-moi.

— Vous voulez dire que vous l'avez laissé seul dans mon bureau ?

— Je n'aurais jamais osé faire cela ! Madame Bridget le surveille. Tous les autres étaient à la réunion.

— Je vous remercie, Susan. J'y vais immédiatement.

La directrice se dirige vers son bureau en se demandant quel nouveau problème se pointe à l'horizon. L'homme d'une cinquantaine d'années, vêtu d'un blazer fripé sur une chemise bon marché, lui présente immédiatement son badge d'enquêteur d'Interpol.

— Roger Tourignon, de la police judiciaire de Paris. Mon agence m'a nommé responsable de l'enquête sur l'un des cadavres du conteneur. Je veux l'accès à tous les dossiers, les analyses d'ADN et les données antérieures à cette affaire.

— Un croissant, avec ça ? ne peut s'empêcher d'ajouter la directrice, excédée. Je regrette, monsieur Tourignon, mais c'est contraire à la procédure. Le FBI a pris l'enquête en charge, vous devez vous adresser directement à eux.

— Cette affaire est maintenant de juridiction internationale, déclare l'homme avec son accent à écorcher les oreilles. Un des hommes décédés dans ce conteneur était un Français.

— Ah bon ? On ne m'a rien dit à ce sujet. Il est vrai qu'aucune personne arrivée par ce mystérieux conteneur ne nous a parlé. Sinon, il est certain qu'on aurait reconnu son accent ! Parlons sérieusement maintenant… Avez-vous une autorisation signée par le FBI ?

— Vous pouvez appeler mon bureau.

— Désolée, monsieur Tourignon, mais ce n'est pas à moi de le faire. Puisque vous n'avez pas d'autorisation écrite, je vous demande de partir immédiatement. Vous devez comprendre que, si nous laissions n'importe qui circuler dans nos locaux pour faire perdre leur temps à nos employés, nous ne mériterions pas le salaire que l'État nous paie et la confiance qu'il met en nous. J'ai beaucoup de travail, et je vous suggère de prendre rendez-vous la prochaine fois.

— Je reviendrai, madame, et vous n'aurez d'autre choix que de vous soumettre à la loi. Et si vous me cachez des renseignements dans cette enquête, je serai sans pitié…

— C'est cela même, monsieur, répond la directrice en arborant son plus beau sourire. Et refermez derrière vous en sortant !

Furieux, l'homme quitte le bureau en claquant la porte. Jodie Martins respire alors profondément. Elle sort de son tiroir un comprimé d'antiacide et l'avale avec un verre d'eau.

Puis elle compose le numéro du poste de son adjointe.

— Susan, cet homme devra prendre rendez-vous avant de se présenter de nouveau. S'il revient, assurez-vous qu'il ait une autorisation écrite du FBI.

Elle téléphone ensuite à Robert Whitman, l'investigateur chargé de l'affaire au FBI, avec qui elle a déjà travaillé au moment de la crise des Postes.

— Bob, devine qui sort d'ici...

— Le père Noël ?

— Un Français, ça te dit quelque chose ?...

— Ah oui ! Le type d'Interpol. Il doit enquêter de son côté, à cause d'un cadavre qu'on a identifié hier. Un Français, paraît-il. On se demande bien ce qu'il faisait dans le conteneur, avec dix-neuf immigrants haïtiens.

— Dis-moi, pourquoi suis-je la dernière informée ? Il entre dans mon bureau comme s'il était chez lui, exige tous les dossiers de l'enquête, et, moi, je le jette littéralement dehors avec un pied au derrière... Tu ne crois pas que j'ai suffisamment de travail sans avoir à jouer les devins ?

— Pardonne-moi, Jodie. Ça m'est complètement sorti de l'idée.

— Ça va, tu es pardonné, mais tiens-moi au courant des prochains développements, enfin… de ce qui ne sera pas classé « top secret ».

— Le Bureau d'investigation a toujours été transparent comme de l'eau de roche, madame la directrice !

— C'est ça ! Pour la transparence, on repassera !

Deux jours plus tard, Steve et Annie flânent au lit en discutant du programme de la journée, lorsque le carillon de la porte retentit. Steve enfile un short et se dirige vers l'entrée. Après avoir identifié le visiteur à travers l'œil magique, il annonce à Annie :

— C'est Marc !

— Marc ?

— Voyons Annie, ne me dis pas que tu as oublié ton bain de minuit ?

— J'espère qu'il ne vient pas nous demander de partir, s'inquiète-t-elle en passant une robe légère.

Le concierge entre dans l'appartement et détaille la pièce. Il intercepte le regard surpris qu'échangent les deux tourtereaux.

— Pardonnez-moi, c'est une habitude que j'ai développée depuis que je travaille ici. Vous savez, les personnes âgées me demandent souvent de repeindre, de changer les tapis, les comptoirs, de refaire la décoration. Mais d'après ce que je vois, vos parents se débrouillent très bien sans moi. Bon, je voulais seulement m'excuser pour l'autre soir. J'ai été un peu cavalier… Ne vous inquiétez pas, les résidents sont informés de votre présence et ils sont bien contents que vous soyez là. Je vous apporte quelques dépliants touristiques et des bons de réduction pour différents restaurants. Les *snowbirds* aiment bien sortir sans que ça leur coûte les yeux de la tête. Si vous avez besoin d'information sur les plages et les meilleurs endroits pour faire la fête, je me ferai un plaisir de vous répondre. Avant de travailler ici, je cumulais les fonctions de surveillant de plage et de disque-jockey!

— Le rêve de tout adolescent! laisse échapper Annie.

— J'avoue que c'était de belles années. Aujourd'hui, je ne vois plus que des personnes âgées… et quelques séduisantes apparitions, ici et là, ajoute-t-il en posant un regard enjôleur sur Annie. Il faut bien gagner sa vie !

Steve tente d'ignorer l'intérêt trop évident de Marc pour Annie. Elle lui a juré que Marc ne l'intéressait pas et qu'elle mettrait les choses au clair avec lui.

— Parlant de boulot, en quoi consiste le vôtre ?

Steve est mal à l'aise. Les gens ont parfois de drôles de réactions lorsqu'il leur annonce qu'il est policier. Et encore plus lorsqu'ils apprennent qu'Annie et lui sont coéquipiers.

— Nous sommes dans l'administration. Pour le gouvernement. Rien de bien passionnant. Mais si tu dis que tu connais aussi bien les plages de Miami, pourrais-tu nous en indiquer une intéressante ? Nous avons passé les deux derniers jours sur des plages disons… très peu adaptées à nos goûts.

Annie éclate de rire et explique :

— Nous avons eu la surprise de nous retrouver sur une plage de naturistes ! Steve se demandait si nous devions partir ou nous fondre dans la masse !

— Halloway Beach, sur Collins Drive ! déduit Marc en riant à son tour. En effet, c'est plutôt surprenant lorsqu'on ne s'y attend pas !

— Et à notre deuxième tentative, la moyenne d'âge des baigneurs était au moins trois fois la nôtre. Peux-tu nous suggérer une plage avec de la bonne musique, des baigneurs un peu plus jeunes et… un tant soit peu habillés, si possible ?

— Encore mieux, je vais vous y conduire ! Euh… si ça ne vous dérange pas, bien sûr. J'ai justement mon après-midi de libre.

Steve et Annie se consultent du regard. Oui, l'offre est alléchante, d'autant plus que les nouveaux arrivants ne sont pas encore habitués à la circulation démente des rues de Miami.

Après une journée enivrante de soleil, de sable et de mer, Marc gare sa voiture à une dizaine de mètres de l'entrée du *Silver Tower*. Il s'enfonce un peu dans son siège et paraît tout à coup pressé.

— Désolé, je dois vous déposer ici, j'ai encore deux ou trois courses à faire.

— Merci Marc, tu as été un guide parfait, lui dit Annie en descendant du véhicule décapotable.

— Et tu nous as vraiment déniché une plage superbe. J'ai adoré ma journée. Qu'est-ce qu'on peut faire pour te remercier? demande Steve.

— Rien, rien… à moins que… Que diriez-vous de grillades avec une bonne caisse de bières? Je fournis le barbecue. Demain soir, peut-être?

— Excellente idée, j'apporterai les steaks.

— Et je fais la salade, propose Annie.

Lorsque la voiture démarre, Steve entoure la taille d'Annie.

— Il est très sympathique, finalement, ce Marc. Qu'en penses-tu?

— Oui. Un moment, j'ai eu peur qu'on soit pris avec un casse-pieds, et qu'il gâche nos vacances. Je crois qu'il s'ennuie, ici, avec toutes ces têtes blanches.

— C'est vrai que la moyenne d'âge est assez élevée, même sur la plage. Mais toi, tu sais que je t'ai trouvée assez séduisante, avec ton petit bikini…

— Seulement en bikini?

— Je ne sais pas… il faut voir!

En riant, ils se dirigent vers la porte 7A, lorsque le jeune homme s'immobilise subitement devant l'entrée. D'une voix qui trahit l'inquiétude, il demande:

— Tu es sûre d'avoir tout bien verrouillé avant de partir?

— Ah mon Dieu! s'exclame la policière en poussant la porte.

L'appartement est une scène de désolation. Les divans percés laissent échapper leur mousse. Les bibelots et les coquillages collectionnés au fil des années par la mère de Steve sont éparpillés et écrasés sur le tapis du salon. Des lampes sont renversées, les miroirs cassés, le téléviseur et la chaîne stéréo gisent par terre, et leurs fils entremêlés pendent comme des viscères arrachés. Annie avance sur la pointe des pieds vers la chambre au moment où Steve lui barre le passage. Il passe devant elle et avance silencieusement en lui faisant comprendre de téléphoner à la police. Son regard est anxieux.

Il s'inquiète pour moi, fulmine Annie. *Quand va-t-il saisir que je ne suis pas juste sa petite copine, mais une policière, au même titre que lui?* Elle ouvre la bouche pour protester lorsque la porte de la chambre explose littéralement sous la poussée d'un homme cagoulé, qui fonce vers la sortie. Ébranlé, Steve met quelques secondes avant de réagir, alors qu'Annie sprinte déjà derrière le cambrioleur. Elle entend à peine Steve, qui la conjure de l'attendre. Annie tourne au coin de l'immeuble et emprunte le corridor séparant les deux ailes du complexe immobilier. Au passage, elle bouscule un couple de vieillards qui commencent à crier à tue-tête. Elle accélère encore, espérant acculer le cambrioleur à la clôture qui entoure le *Silver Tower*, mais sous son nez, l'homme traverse la grille ouverte et s'engouffre dans une voiture qui l'attend. Son complice démarre en faisant crisser ses pneus sur le pavé brûlant. Hors d'haleine, Annie les poursuit à pied sur environ cinq cents mètres, alors que les voleurs disparaissent dans la circulation dense de Miami. Quelques instants plus tard, Steve rejoint la jeune femme en boitant légèrement. Ses yeux expriment une colère mal contenue.

— Annie !

— Zut ! Je l'ai manqué, halète la jeune femme, pliée en deux par un point au côté. Je « les » ai manqués, plutôt. Ils étaient deux. Son complice avait ouvert la grille de sortie et l'attendait. Ils sont partis vers le nord en Pontiac Grand Am noire, de construction assez récente. Je n'ai pas pu voir la plaque minéralogique.

— Annie, je dois te parler…

— Ils avaient tous les deux une cagoule, poursuit-elle. Un des hommes a parlé, et je suis sûre que ce n'était pas de l'anglais.

— Rentrons maintenant, conseille Steve… On va appeler les policiers. C'est ce que tu aurais dû faire à l'instant où je te l'ai demandé.

— Nous sommes policiers, Steve ! Ils nous ont filé entre les doigts, et tu aurais voulu qu'on les laisse partir sans rien tenter ?

— Ils auraient pu être armés… et je te rappelle qu'on est aux États-Unis, pas au Québec.

— Mais nous sommes entraînés pour ça, insiste Annie, exaspérée. Tu ne peux pas m'obliger à renier ma formation parce que tu veux me protéger. Je n'ai pas besoin d'un garde du corps !

Steve s'immobilise et se tourne vers Annie. Il la prend par les épaules et la force à le regarder.

— Tu n'as jamais eu peur pour moi ?

Annie fait mine de réfléchir :

— Oui… À plusieurs reprises. Et j'aurai encore peur, mais jamais je ne te le dirai à un moment où tu pourrais douter de toi, parce que ça signerait ton arrêt de mort. Je t'en prie, Steve, fais-moi confiance. Je ne suis plus une petite fille sans défense.

Steve serre les dents avant de répondre, à contrecœur :

— D'accord, ma tigresse. Je vais faire attention. Et maintenant, si on allait s'occuper du condo et appeler la police… de Miami ?

En silence, ils prennent un raccourci à travers un parc du quartier. Les immenses banians aux lierres pendants leur procurent une ombre rafraîchissante. Ils se seraient volontiers attardés, comme deux amoureux en vacances, dans cette oasis de verdure, mais la dure réalité les attend au coin de la rue. Le condo est sens dessus dessous, et ils estiment en avoir pour plusieurs heures avant qu'il soit de nouveau habitable.

Lorsqu'ils reviennent au *Silver Tower*, ils doivent traverser un groupe de curieux massés devant leur appartement et celui de Marc, leur voisin. Sans se préoccuper des regards soupçonneux rivés sur lui, Steve ouvre la porte du condo. Il se retrouve face à face avec deux agents de police. Le lieutenant Harris, d'après le nom épinglé sur son uniforme, est un grand mince au regard dur, alors que le sergent McNeil n'est qu'un jeunot à peine plus âgé qu'Annie. Un simple coup d'œil suffit à Steve pour voir que le salon est encore plus en désordre que tout à l'heure.

Surpris, les deux policiers en uniforme portent une main à leur ceinture prêts à dégainer leur arme. Le lieutenant Harris hurle au visage de Steve :

— *We asked you to stay outside[7] !*

— Vous avez fait vite, dit Steve, en français. C'est nous qui demeurons ici. Steve Garneau et Annie Jobin. Enfin, c'est plutôt le condo de mon père, Raoul Garneau. On vient d'être cambriolés. Les voleurs ont pris la 5e Avenue Sud-Ouest, en direction nord, dans une Pontiac Grand Am noire. Ils sont deux et…

— *Who are you ? What are you doing here[8] ?*

— Steve, ils ne comprennent pas le français, constate bêtement Annie.

— Avec tous les francophones qu'il y a ici, ils pourraient faire un effort ! Pourquoi devrions-nous leur parler en anglais ? Au Québec, les policiers sont bien obligés de parler couramment l'anglais et le français. On doit même comprendre tous les accents. Pourquoi pas eux ?

— *What ?*

---

7. Nous avons demandé que vous restiez à l'extérieur !
8. Qui êtes-vous ? Que faites-vous ici ?

— Parce que les langues officielles de la Floride sont l'anglais, l'espagnol et le portuguais. Pas le français, conclue Annie en se tournant vers les policiers, qui commencent à montrer des signes évidents d'impatience.

— *ID cards!*

— Nos papiers d'identité? J'espère que les voleurs n'ont pas filé avec nos papiers, s'inquiète soudain Annie. Je les avais cachés dans le premier tiroir de la commode. J'y vais!

Le sergent lui barre le passage. Annie lui explique, en anglais cette fois, qu'elle va chercher ses papiers dans la chambre, mais l'homme lui signifie de demeurer à sa place. Le lieutenant Harris entre dans la chambre et entreprend une fouille minutieuse. De l'extérieur, on entend les tiroirs ouverts violemment et vidés de leur contenu, les bibelots qui éclatent en morceaux en atteignant le sol, les meubles déplacés sans ménagement. Furieux, Steve tente de s'interposer, mais McNeil l'en empêche d'un geste vers son arme. Soudain, une voix triomphante se fait entendre dans la chambre. McNeil se dirige à reculons, gardant toujours un œil sur les deux vacanciers. Par la porte, Harris lui montre l'arme qu'il tient du bout des doigts.

Immédiatement, le sergent met Annie et Steve en joue. Il paraît très nerveux et tremble un peu en pointant son arme à tour de rôle vers les deux suspects en maillots de bain et sandales.

Annie regarde son compagnon en fronçant les sourcils.

— C'est ton pistolet ?

Steve fait signe que oui, sans avoir le temps de se justifier plus avant, car le sergent lui intime l'ordre de se mettre à genoux, les mains derrière la tête. Comme Steve met du temps à s'exécuter, le policier lui assène un coup de botte derrière la rotule. La jambe de Steve fléchit aussitôt, et il tombe à genoux. McNeil lui enfile les menottes et le remet debout aussi rudement. Il procède à une fouille corporelle sommaire puis se tourne vers Annie. Sans se préoccuper du regard outré de la jeune femme, il la menotte également et la fouille rapidement. Annie se tourne vers Steve et lui demande, presque implorante :

— Mais pourquoi as-tu apporté une arme ? Tu sais bien qu'on ne peut pas traverser la frontière avec une arme…

— Ce n'est qu'un pistolet de tir sportif, se justifie Steve.

— C'est quand même une arme !

— Pensais-tu vraiment que j'allais voyager aux États-Unis sans être armé ? Et à Miami, en plus ? C'est une des villes les plus dangereuses du pays. En 2003, la Floride a recensé cent vingt-quatre mille crimes avec violence. En une seule année, tu imagines ! Un toutes les quatre minutes, et c'est sans compter les crimes contre la propriété. À tous les coins de rue, tu peux rencontrer un fou qui va t'attaquer pour un peu d'argent, pour un joint ou juste parce que ça lui tente.

— Sauf qu'en ce moment même, c'est nous qu'ils prennent pour des criminels.

— Et pourtant, grogne Steve, la Constitution américaine garantit la liberté de détenir une arme à feu. À croire les statistiques, tout Américain qui se respecte en possède une.

Annie tente vainement d'expliquer la situation au lieutenant Harris :

— Vous faites erreur. Nous sommes des policiers. *Police officers.* Du Québec. Laissez-moi vous montrer nos papiers et vous verrez. Il a son permis de port d'arme.

— *You have the right to remain silent and refuse to answer questions. Do you understand ? Anything you do say may be used against you in a court of law. Do you understand[9]?...*

Vous avez le droit de demander l'assistance d'un avocat. Sinon la cour pourra vous en désigner un d'office, continue Steve par automatisme.

— Vous faites erreur, je vous dis. Nos papiers sont dans la chambre. *ID cards are in the bedroom,* parvient-elle à ajouter avant que le shérif ne les pousse hors de l'appartement. À l'extérieur, des résidents se sont rapprochés pour ne rien perdre de la scène. En se dirigeant vers la voiture de police, Steve remarque que le logement voisin, celui de Marc, est également inspecté par des policiers. Un même lendemain de tornade défigure le salon.

— Merde! Merde! Et remerde! Steve, fais quelque chose!

— Ne t'inquiète pas, Annie. Ils vont passer la chambre au peigne fin et ils trouveront bien nos papiers. Ce n'est qu'une question de temps.

— Sauf si le cambrioleur est parti avec, rétorque la jeune femme.

---

9. Vous avez le droit de garder le silence et de refuser de répondre aux questions. Comprenez-vous? Tout ce que vous direz pourra être retenu contre vous dans une cour de justice. Comprenez-vous?

— Dans ce cas, dès qu'on pourra télé-phoner, on rejoindra le patron, au bureau.

— Je te rappelle qu'on est dimanche, aujourd'hui.

— Alors, on s'adressera à Saint-Onge ou à Renaud. Cesse d'être aussi négative, Annie, ça ne te ressemble pas. Prends plutôt ça comme une expérience professionnelle. La prochaine fois qu'on arrêtera quelqu'un sans motif valable, on comprendra comment il se sent, termine Steve sur un ton philosophique, pendant que le sergent appuie sur sa tête pour le faire entrer dans la voiture de police.

3

Vous devriez surveiller vos relations

— Nous avons le complice de votre homme.

— Excellent! Et pas de nouvelles de lui?

— Négatif, il n'est pas revenu à son loge-ment, et pas la moindre trace de ce que vous cherchez. Mais nous pourrons sûrement obtenir des informations intéressantes de son complice. On a aussi mis la main au collet de sa petite amie, ce qui facilitera l'interro-gatoire. Ils vont nous dire ce qu'on veut entendre, ce n'est qu'une question de temps. Oh! vous allez aimer : ils parlent français tous les deux.

— Isolez-les. Je ne veux pas qu'ils puis-sent communiquer entre eux.

— Ils veulent téléphoner.

— Laissez-les mijoter un peu. Ça ne sera que plus facile.

L'homme à la chemise fripée raccroche en souriant. Le piège se referme. S'il manipule bien ces deux-là, il aura un pied dans la porte. Reste plus qu'à être convaincant.

La voiture s'arrête devant la porte 22C. Marc compose sur le clavier le code obtenu en décryptant la petite annonce qui lui était destinée, dans le *Miami Sun* du matin. La grande porte métallique s'élève automatiquement, lui rappelant son conte préféré lorsqu'il était enfant : *Ali Baba et les quarante voleurs*. La voiture s'engouffre dans le hangar, et l'entrée se referme aussitôt. Dans l'obscurité, Marc sent son estomac se contracter. Ce n'est pas la première fois, mais il ne parvient pas à s'habituer à ce jeu du chat et de la souris. Tout à l'heure, en apercevant la voiture noire garée devant le *Silver Tower*, il a senti la soupe chaude. D'autant plus que la veille, il avait reçu deux appels étranges durant lesquels son interlocuteur anonyme était resté silencieux. Marc a donc toutes les raisons de craindre que sa cachette n'ait été découverte, et son implication dans l'affaire, révélée. Par qui ? Très peu de gens sont au courant de son véritable travail. C'est nécessairement l'un d'eux.

Dommage, songe-t-il, *de devoir disparaître alors que je viens de me lier d'amitié avec les deux jeunes Québécois en vacances au condo.* Il lui semble que ces dernières années n'ont été qu'une succession de planques et de départs précipités. Il se console cependant à l'idée que ce dernier échange va lui permettre de prendre sa retraite dans une villa tranquille des Keys, avec vue sur le soleil levant côté Atlantique, et sur le soleil couchant du golfe du Mexique.

Marc se secoue. L'instant n'est pas aux lamentations. Il doit se débarrasser du matériel au plus vite. Les lunettes de soleil sur les yeux, un pistolet calé dans sa ceinture, sous son manteau de cuir, Marc sort de la voiture. Il enfile des gants de chamois tout en inspectant les lieux. Il résiste à l'envie d'enlever ses lunettes, qui l'empêchent de distinguer les détails, mais qui sont nécessaires pour cacher sa véritable identité. Comme prévu, une voiture est garée au fond du hangar, ses phares éteints. C'est son contact. Marc ouvre le coffre arrière de son véhicule, écarte des piles de journaux et retire le tapis qui recouvre le pneu de secours. Il saisit alors une boîte de carton d'environ vingt centimètres par trente. Il la manipule avec précaution, malgré sa légèreté. Puis il referme le coffre. Comme convenu, personne n'est encore sorti de la voiture garée. Il s'en approche lentement, aux aguets malgré son air impassible. Il s'arrête à quelques mètres du véhicule et attend, comme on lui a dit de faire. Personne n'en sort. Inquiet, la main près de son arme, il décide quand même d'avancer. Les vitres teintées l'empêchent de distinguer si son contact se trouve à l'intérieur. Il inspecte les alentours en relevant un peu ses lunettes. Il dégaine son arme et actionne la poignée de la portière. Elle s'ouvre toute grande sous la poussée d'un corps qui tombe aux pieds de Marc. Celui-ci recule, horrifié. L'habitacle de la voiture dégage l'odeur ferreuse du sang, et Marc en voit une quantité suffisante pour comprendre que l'homme est mort. Comme s'il avait le diable à ses trousses, le concierge du *Silver Tower* se précipite vers son véhicule, compose le code de sortie et disparaît dans la circulation.

Steve considère le minuscule local dans
lequel il attend depuis presque une heure. Il
est meublé d'une table en stratifié sale et
ébréché, et de trois chaises droites. Une glace
sans tain permet de suivre l'interrogatoire de
l'extérieur, ni vu ni connu. Les tubes fluo-
rescents diffusent une lumière crue. Ces salles
sont conformes à leur réputation : laides,
impersonnelles et détestées de ceux qui y
séjournent pour un interrogatoire. Steve ne
peut s'empêcher de sourire en songeant à
certaines scènes de films policiers au cours
desquelles, invariablement, une puissante
lampe est dirigée dans les yeux du suspect
pour lui faire avouer son crime. Steve est
impatient que quelqu'un entre dans cette
salle. Peu importe qui, pourvu qu'il puisse
exercer son droit de téléphoner. Mais de cela,
il n'est même pas certain, car il arrive que
les agents profitent de ce levier pour obtenir
des aveux plus rapidement. Steve est persuadé que sa présence au poste n'est qu'un
simple malentendu qui se réglera avec les
excuses des policiers. Dès qu'il récupérera

ses papiers d'identité, tout rentrera dans l'ordre. Après tout, Annie et lui ne sont que des victimes, dans cet imbroglio.

Il n'a pas eu l'occasion de reparler à la jeune femme. Elle a été entraînée vers une autre pièce sans avoir eu, elle non plus, accès à un téléphone. Il ne peut s'empêcher de s'inquiéter, même s'il sait qu'elle s'en tirera probablement mieux que lui-même. Personnellement, lorsqu'il dirige un interrogatoire, il est toujours plus prévenant lorsqu'il s'agit d'une femme.

Le sergent McNeil entre enfin, suivi du lieutenant Harris et d'un troisième homme habillé en civil, que Steve ne connaît pas. Les trois hommes affichent un visage sévère, une technique d'intimidation à laquelle le détective Steve Garneau soumet lui-même ses propres suspects. Harris s'assoit sur l'une des chaises, tandis que les deux autres hommes se tiennent à l'écart. Il ouvre cérémonieusement un dossier dont l'épaisseur surprend Steve. *Ce n'est certainement pas le mien, ou alors ils me prennent pour quelqu'un d'autre. Et celui-là en a long sur la conscience…* songe-t-il en sentant sa pression monter d'un cran. Il prend une grande inspiration et déclare :

— *My name is Steve Garneau. I am a police officer, from Sherbrooke, in Quebec. That's the reason why I have a gun*[10].

— *And I am Spiderman*[11], rétorque Harris, sans perdre son sérieux.

L'homme en civil s'avance et prend place à côté du lieutenant Harris. Il parle avec l'accent chantant de Marseille.

— Le lieutenant voudrait savoir où sont vos papiers d'identité.

Ce sera certainement plus facile en français, pense Steve, soulagé. Vous ne les avez pas retrouvés dans la commode de la chambre ?

L'enquêteur lit ses notes sans répondre, puis reprend :

— Vous dites que vous reveniez de la plage. Comment se fait-il que vous n'aviez pas vos papiers d'identité sur vous ?

— Nous avions décidé de ne pas les emporter. C'était plus prudent, compte tenu du nombre de voleurs à la tire qui sévissent à la plage. Si nous avions su qu'on cambriolerait notre appartement…

---

10. Je m'appelle Steve Garneau. Je suis policier à Sherbrooke, au Québec. C'est la raison pour laquelle j'ai un pistolet.

11. Et moi, je suis l'Homme-Araignée !

— Et c'est pour la même raison que vous aviez une arme automatique en votre possession ?

— Mais je viens de vous dire que je suis policier ! s'impatiente Steve. Et puis c'est un pistolet pour le tir sportif. J'ai un permis de port d'arme en règle. Il était avec mon passeport. Vous n'avez qu'à téléphoner au commandant Victor Saint-Marc, du poste de Sherbrooke, il vous le confirmera, et personne ne perdra de temps avec cet interrogatoire inutile.

— Chaque chose en son temps. Comment avez-vous réussi à passer les douanes de l'aéroport avec une arme dans vos valises sans que les douaniers s'en aperçoivent ?

— J'ai voyagé en voiture.

— Depuis Sherbrooke ? siffle-t-il, admiratif. C'est une longue route. Vous avez donc caché votre arme dans votre véhicule. C'est illégal, vous savez. Toute arme doit être déclarée au poste frontière.

— Mais je suis policier, comme je vous l'ai dit !

— C'est bon, je vais faire vérifier cela. *Harris, you do that, OK ?* ajoute-t-il à l'adresse de l'agent américain. Puis il poursuit, un peu las :

— Qu'avez-vous caché d'autre, dans votre voiture ? De la drogue ? Des armes d'assaut ? Des explosifs ?

— Il ne faudrait pas exagérer, tout de même !

— Vous savez que c'est à cause de gens comme vous que la frontière canadienne est considérée comme un fromage gruyère, et que des terroristes tentent de la traverser tous les jours ?

— Et rendez-moi donc responsable des dix plaies d'Égypte, en même temps, raille Steve, excédé. D'accord, vous avez raison : je n'aurais pas dû apporter mon arme en vacances aux États-Unis. Voilà, vous êtes content ?

Le Français sourit, puis enchaîne :

— Vous êtes allés à la plage, cet après-midi. Vous avez conduit pour vous y rendre ? Sans vos papiers ?

— Non, un ami nous y a menés.

— Quel ami ?

— C'est le concierge de l'immeuble. Marc.

— Marc qui ?

— Euh… Je ne le connais que depuis deux jours. Marc… Thivierge. Non, Therrien, je crois. Mais vous n'avez qu'à demander aux résidents de l'immeuble.

Le Français fait un signe de tête au sergent, qui lui amène une photographie tirée d'un dossier aussi volumineux que le premier. Il présente le cliché à Steve.

— C'est lui ?

Steve prend son temps pour examiner la photo. Il a immédiatement reconnu Marc, malgré la piètre qualité de la photographie. Il pose en compagnie d'un homme au chapeau de cow-boy et au gros cigare. Mafia, drogue, corruption ? Le cerveau du détective fonctionne à toute vitesse. Il n'est pas détenu ici pour une simple affaire de possession d'arme à feu. Quelque chose lui dit que ce Marc en est plutôt la cause. Lui et Annie se seraient-ils trouvés au mauvais endroit au mauvais moment ?

— C'est bien lui. Que lui reprochez-vous ?

— Quelles sont vos relations avec ce Marc… Therrien ?

— Comme je vous l'ai dit tout à l'heure, aucune, sauf que nous l'avons connu il y a deux jours, à notre arrivée au condominium de mes parents, et qu'il nous a conduits à la plage cet après-midi, répond Steve, exaspéré. Ni moi ni mon amie Annie n'avons de relations avec cet homme.

— Et parlez-moi de cette journée à la plage. Marc a-t-il adressé la parole à quelqu'un ? A-t-il téléphoné ?

— Comment le saurais-je ? Je suis ici en vacances, pas en mission de surveillance. Il est resté la plupart du temps avec nous. Il a peut-être parlé à quelqu'un, et je ne l'ai pas suivi, surtout pas jusqu'aux toilettes. Il s'est acheté une crème glacée et une carte postale dans une boutique sur le trottoir. Nous sommes ensuite allés prendre une bière dans un petit bar.

— Lequel ?

— Vous savez, c'est la première fois que je viens en Floride, et je ne connais que le nom des grandes artères. C'était un bar plutôt miteux, même la bière n'était pas bonne.

— Marc avait-il l'air nerveux ? Regardait-il derrière lui comme s'il se sentait suivi ? A-t-il salué quelqu'un ?

— Je n'ai pas remarqué.

— Pourquoi n'est-il pas rentré au condo en même temps que vous ?

— Il a simplement dit qu'il avait des courses à faire et il est parti. Écoutez ! éclate soudain Steve en se redressant, les mains appuyées sur la table. Si vous me donniez un

65

peu plus de renseignements, je serais capable de vous aider. Je suis détective, après tout !

L'inspecteur Tourignon se penche vers les deux policiers et leur fait signe de sortir. Puis il regarde Steve Garneau droit dans les yeux.

— Votre appartement n'a manifestement pas été visité par des voleurs à la tire.

— Je n'ai pas eu le temps de vérifier ce qui a disparu. Vos agents m'ont sauté dessus comme si j'étais le coupable.

— Comprenez-les : ils ont découvert, cachée sous le matelas, une arme généralement utilisée par des policiers, ou des gangsters…

— C'est un pistolet de tir sportif !

— Oui, mais d'un modèle utilisé par les policiers. Votre appartement a été fouillé de fond en comble. Aucun objet dont cette racaille se nourrit habituellement n'a été dérobé. La chaîne stéréo, le téléviseur, le lecteur de DVD, tout est resté à sa place. Votre visiteur cherchait autre chose. Avez-vous une idée de ce dont il s'agissait ?

— Nous avons surpris le voleur dans la chambre. Il n'a tout simplement pas eu le temps de prendre ce qu'il voulait.

— Décrivez-moi cet individu.

Enfin, pense Steve, *il a compris!* Il était cagoulé. Pas très grand, plutôt musclé. Il avait un complice qui l'attendait devant le complexe. La grille était ouverte, ce qui veut dire qu'il en avait la clé. Annie les a poursuivis à pied, elle a pu voir le véhicule et la direction prise. Elle a aussi dit que le complice ne parlait pas anglais.

— Ils ont vos papiers d'identité, vos cartes, votre argent. Ils ont un avantage sur vous. Ils vous connaissent, maintenant.

— Que voulez-vous insinuer par là? Que nous sommes en danger?

— C'est possible. On ne connaît pas leurs intentions. Votre voleur a également saccagé et fouillé un deuxième appartement, celui de Marc. Pourquoi celui-là en particulier?

— Parce qu'il nous a vus partir ensemble, ou bien ils ont confondu mon condo et celui de Marc.

— Je crois plutôt qu'il n'a pas trouvé ce qu'il cherchait dans l'appartement de Marc. Il s'est donc rabattu sur le vôtre.

— Parce que nous sommes voisins?

— Parce qu'il croit que vous êtes ses complices.

Steve regarde le dossier ouvert sur la table et fronce les sourcils.

— Complice ? Ça fait à peine quarante-huit heures que je suis arrivé à Miami. Voulez-vous bien me dire de quoi on m'accuse ?

— Toutes les pistes tendent à démontrer que Marc Therrien, comme vous l'appelez, appartient à un groupe terroriste. Il en serait même un des éléments clés, celui qui fait entrer le matériel à partir du Québec. De votre côté, vous arrivez en voiture, du Québec, vous êtes armé et vous passez la journée avec lui. Chez nous, et probablement chez ceux qui le recherchent, un et un font deux. Maintenant, il reste à nous prouver que vous n'êtes pas également un terroriste.

Lorsque Steve sort de la salle d'interrogatoire, Annie, qui l'attend depuis un moment, pousse un soupir de soulagement.

— Je savais que ton arme nous causerait des problèmes…

— Tu avais raison, grogne Steve, je n'aurais pas dû l'apporter. La prochaine fois, je me contenterai de poivre de cayenne.

Il ne parle pas à Annie de la proposition que Tourignon vient de lui faire, dans la salle d'interrogation, après s'être assuré qu'aucun agent n'enregistrait ou ne surveillait derrière la vitre sans tain. En échange de la possibilité de faire retirer de son dossier les allégations de trafic d'arme, Steve devrait tenter d'approcher Marc, de le mettre en confiance et de lui soutirer le plus de renseignements possible. L'inspecteur Tourignon lui a demandé de garder l'affaire secrète et, surtout, de ne pas en parler à Annie. Steve a hésité, invoquant la transparence entre coéquipiers, mais Tourignon a été ferme : le moins de gens seront au courant, le mieux ce sera.

— Et pour toi, comment ça s'est passé ?

— Beaucoup plus facile que je ne le croyais. Ils ont d'abord pris ma déposition, puis j'ai pu téléphoner à Victor. Je lui ai expliqué, pour ton arme. Il était furieux, mais il va nous envoyer de nouvelles cartes d'identité et de l'argent, en attendant qu'on retourne à la maison. Pourquoi t'ont-ils gardé aussi longtemps ? Tu ne parlais pas assez vite dans la langue de Shakespeare ?

— J'ai eu droit à un interrogatoire en français. Par un Français de France, madame ! Non, c'est cette arme qui les a agacés. Viens, on retourne au condo.

— Comment ? On n'a pas de voiture ni d'argent pour payer un taxi.

— Je me suis organisé. Un agent va nous reconduire.

Annie observe Steve durant le trajet de retour. Son partenaire semble tendu, songeur. Il ne la regarde pas, comme s'il voulait éviter une confrontation. Elle glisse sa main sur la cuisse du jeune homme, sans arriver à obtenir de lui autre chose qu'un soupir. Frustrée, Annie retire sa main et se cale dans le siège inconfortable du véhicule policier. Durant le reste du trajet, elle se contente de regarder distraitement les palmiers et la végétation luxuriante de Miami.

4

Des affaires à régler

— Qu'est-ce que c'est, ÇA ? s'exclame Annie du fond de la chambre, où elle replace des vêtements depuis une heure.

— Quoi, ÇA ? demande Steve en éteignant l'aspirateur, qu'il est en train de passer dans le salon.

Annie sort de la chambre en tenant le pistolet de Steve du bout des doigts. L'arme est emballée dans un sac en plastique. La jeune femme a l'air furieuse. Steve hausse les épaules.

— Tu le vois bien.

— Ils te l'ont redonnée ? s'enquiert Annie, incrédule.

— Je leur ai promis que je ne m'en servirais pas.

— Et si un autre policier se présente ici, nous serons renvoyés au poste, vite fait. Va la cacher, s'il te plaît, je ne veux plus la voir. Au fait, tu ne m'as toujours pas dit comment ça s'est passé lors de ton interrogatoire.

— Bah… ils ont pris tout leur temps pour me croire. Ça a été mieux pour toi ?

— Ils m'ont posé des tas de questions sur toi, sur ton travail, tes passe-temps, quel genre de policier tu es. Rien sur moi. J'en suis venue à me demander s'ils ne te soupçonnaient pas d'autre chose que de port illégal d'arme. C'est à peine s'ils se sont occupés du fait qu'on a été cambriolés, que j'avais vu les coupables et leur voiture, et que, finalement, c'était nous les victimes, dans cette histoire. Si, au cours de ma carrière, je deviens aussi peu professionnelle que ces policiers, rappelle-moi cet épisode de ma vie, d'accord ?

— Je préfère me dépêcher d'oublier ça. Terminons de ranger le salon, et je t'offre le plus gros cornet de crème glacée de ta vie.

— Et où vas-tu prendre l'argent ? Ça ne pousse pas dans les arbres, même ici, en Floride.

— Je vais voir si Marc est chez lui. En attendant que le patron nous envoie nos papiers, je suis sûr qu'il pourra nous dépanner.

Avant de sortir, Steve se penche et ramasse un carnet d'allumettes sous le fauteuil. Il le glisse discrètement dans sa poche.

Steve jette un coup d'œil par la porte entrouverte de l'appartement voisin. Un homme d'une soixantaine d'années, en polo de golf, s'affaire à remettre de l'ordre dans le logement de Marc Therrien. Steve frappe discrètement et demande :

— Marc n'est pas là ?

— Ne me parlez pas de lui. Ce minable m'a téléphoné tout à l'heure pour me dire qu'il partait, comme ça, sans préavis. Et vous avez vu l'état de son appartement ? Une vraie soue à cochons. Comme si je n'avais que ça à faire. Je devrais être en train de jouer au golf, moi, et pas n'importe où : au Presidential, monsieur ! Un des plus beaux terrains de Miami. Qui va me la rembourser, cette partie manquée ? Et qui va me trouver un nouveau concierge pour remplacer Marc ? Voir si j'ai investi dans cet immeuble pour y faire du ménage…

— Et vous savez où il est allé, coupe Steve, agacé.

— Non, il ne l'a pas dit. C'est comme ça, la jeunesse. Ça fuit les responsabilités.

— A-t-il de la parenté, des amis, des gens qui pourraient savoir comment le joindre ?

— C'est le condo de son oncle, ici. Il est parti depuis quelques semaines. Je peux vous donner son adresse à Montréal, mais ça serait surprenant qu'il sache quelque chose. Au fait, dites-moi donc pourquoi tout le monde me pose les mêmes questions, aujourd'hui ?

— Tout le monde ?

— D'abord, vous êtes qui, vous ? maugrée l'homme, soupçonneux.

— Le locataire d'à côté. Je voulais savoir si Marc savait qui a fait le coup. J'aimerais bien récupérer mon portefeuille, mes cartes, mes photos…

— Ah ! ça, vous pouvez les oublier. Vos cartes, elles sont déjà entre les mains de quelqu'un d'autre et particulièrement la carte d'assurance-maladie. C'est de l'or en barre pour les gens d'ici. Je parierais même qu'à votre retour au Québec, votre dossier médical montrera que vous avez un nouveau rein et un poumon en moins.

Puis, le visage ridé de l'homme s'éclaire :

— Vous, c'est Garneau, si je ne me trompe pas ? Le petit d'Annette ? Ma femme, Dorothée, jouait aux cartes avec votre mère.

— Oui, elle m'en a parlé. Les hommes qui sont venus vous poser des questions, à quoi ressemblaient-ils ?

Le propriétaire sort un bout de papier de sa poche et le montre à Steve. Un mot est écrit dessus, sans autre renseignement.

— « Sharihakim » ? C'est un nom, ça ? Ce n'est pas d'ici, en tout cas.

— On est en Amérique, monsieur. Le pays aux mille et une ethnies. C'est un homme d'une quarantaine d'années. Je dirais qu'il est Arabe, du Maroc, ou dans ces régions-là. L'homme qui l'accompagnait n'a dit qu'un mot, mais je ne suis pas certain que ça ait été de l'anglais.

— Vous vous rappelez ce mot ?

— Allez savoir. Ça aurait pu être n'importe quoi. Oh ! ça me revient : *oulba*, ou quelque chose comme ça. Je ne me ferai jamais à leur accent. Bon, ce n'est pas que je m'ennuie, mais j'ai du travail à faire. Vous saluerez votre mère de ma part.

Steve sort de l'appartement en glissant le bout de papier dans sa poche. Avec le carnet d'allumettes ramassé tout à l'heure, il a maintenant deux indices pour commencer son enquête. *Deux bien maigres indices pour retrouver Marc*, se dit-il. Il rejoint Annie dans l'appartement de ses parents. Elle est assise sur le tapis du salon, au milieu d'une montagne de papiers éparpillés, de disques de vinyle et de bibelots. Le meuble de la chaîne stéréo est renversé, à côté d'elle. En entendant Steve entrer, elle pose sur lui un regard brillant de larmes. Il la relève doucement et la serre dans ses bras, inquiet.

— Tu t'es fait mal ?

— Je voulais remettre le meuble à sa place, parvient-elle à exprimer entre des sanglots. Tout a basculé. C'est à recommencer, Steve. Il me semble qu'il ne nous tombe que des tuiles sur la tête depuis notre arrivée. Je ne suis pas venue ici pour me faire cambrioler et arrêter, ou pour faire du ménage. Je veux aller à la plage, m'amuser, je veux qu'on soit ensemble…

Pour toute réponse, Steve la serre plus fort contre lui.

— Prépare ton sac, on va à la plage.

Le sable chaud sous les pieds, la brise tiède sur le visage, Annie contemple la mer, qui étale ses vagues aigue-marine à perte de vue.

— Quel changement, comparé à la neige sale du mois d'avril, au Québec. Je crois que je m'habituerais à vivre ici.

— Tu veux parier? C'est beau durant l'hiver, mais imagine l'été, les chaleurs torrides, les ouragans, les coquerelles énormes… Non, moi, il n'y a rien que je préfère comme une belle neige blanche qui scintille sous la lune et l'air froid et sec. Le Québec me convient parfaitement.

Annie ne renchérit pas. Elle a l'impression que Steve la contredit sur tout depuis qu'elle lui a dit qu'elle trouvait prématurée l'idée du mariage. Oui, elle l'aime, c'est indéniable, mais elle n'est pas prête à s'engager aussi vite.

— On va se baigner? suggère-t-elle.

— Vas-y, toi, moi, je reste ici…

Elle soupire, puis sourit mystérieusement. Elle prend une poignée de sable d'une main et, de l'autre, tire l'élastique du maillot de bain de Steve…

— Traîtresse, gémit-il en se précipitant à la poursuite d'Annie. En quelques bonds, ils se retrouvent dans l'eau, à lutter au cœur des vagues. Lorsque, épuisés, et gorgés de rires, ils retournent sur la plage, Steve enfile immédiatement son bermuda sur son maillot mouillé.

— On s'en va déjà? s'enquiert la jeune femme, déçue.

— Je vais chercher nos papiers d'identité au poste. Ils m'ont dit que ça prendrait moins de vingt-quatre heures. Mais tu n'es pas obligée de venir. Prends du soleil pour nous deux, d'accord?

Annie ne répond pas. Elle considère Steve par-dessus ses lunettes de soleil, puis se retourne et ouvre un livre pour cacher son humeur. *Mais qu'est-ce qui lui prend, aujourd'hui? Rien ne presse d'aller chercher ces fichus papiers. On aurait pu s'y rendre ensemble à la fin de la journée.* Elle n'y comprend rien. D'abord, Steve la protège à outrance, puis il la laisse tomber. Il agit comme s'il n'y avait pas, entre les deux, un espace assez grand pour s'entendre. Veut-il lui faire regretter la façon dont elle lui a répondu, le premier soir? Pourtant, le mariage n'est pas une décision à prendre à la légère, et il devrait être rassuré qu'elle ne soit pas aussi impulsive en amour qu'au travail. Plus elle y pense, plus la colère gronde en elle. Elle se lève et court se jeter à l'eau. La vague la bouscule et la ramène sur la grève, les larmes aux yeux.

Lorsqu'elle retourne à sa place, la plage est presque déserte. Son regard est attiré par un prospectus déposé sur sa serviette durant son absence. Il s'agit d'une publicité pour une compagnie de *parasailing*[12] qui offre ses services à la marina toute proche. «Essai gratuit de quinze minutes», lit Annie avec intérêt. *Voilà ce qui rendra Steve jaloux.* Puis elle y repense : *Non, il aurait plutôt décliné l'offre, prétextant que ce n'est pas le genre de sport extrême qu'il désire voir figurer dans son* curriculum. *Et j'y serais allée seule, encore une fois.*

Elle regarde sa montre. Il lui reste une bonne demi-heure avant le retour de Steve. En marchant d'un bon pas et s'il n'y a pas d'attente au quai, elle pourra le voir arriver et la chercher, inquiet de son absence, alors qu'elle sera dans les airs. Sera-t-il aussi prompt à partir sans elle, la prochaine fois ? Le cœur léger, elle triture le bout de papier pour en détacher le bon de réduction et laisse la publicité sur sa serviette, bien en évidence. Puis elle prend joyeusement la direction de la marina.

---

12. Parachute tracté par un bateau à moteur.

Steve se hâte vers sa voiture. Le carnet d'allumettes à la main, il repère, sur un plan de la ville, le boulevard Miami Nord, sur lequel se situe le bar O'Toole. Dix minutes plus tard, il se gare devant l'établissement à la devanture peinte en vert pâle, là où il a pris une bière, la veille, en compagnie de Marc et d'Annie. Il espère reprendre contact avec l'ex-concierge du *Silver Tower*. Le parc de stationnement est presque vide. À l'intérieur, l'obscurité enfumée l'accueille. Quelques têtes se lèvent, et le serveur le regarde avec insistance. Steve examine attentivement chaque client. Marc n'y est pas. Il hésite, puis accepte l'offre du barman. Il s'installe face à la porte et boit lentement sa bière pression. *Après tout,* pense-t-il, *je suis en vacances. Annie devrait comprendre que je n'ai pas à être avec elle vingt-quatre heures sur vingt-quatre...*

Sa bière terminée, il sort, puis se dirige vers une cabine téléphonique. Il compose le numéro du poste de police et demande le détective Tourignon.

— Puis-je savoir qui le demande ?

— Steve Garneau.

— Le Québécois ? Je regrette, il n'est pas là, mais il a laissé un message pour vous. Je vous le lis ?

— Allez-y !

— C'est un numéro de téléphone : 887-9238. Oh ! il y a aussi une enveloppe à votre nom.

— Merci ! Je passe la prendre à l'instant.

Steve raccroche en souriant, convaincu qu'il s'agit de nouvelles cartes d'identité. Depuis la perte de ses papiers, il se sent comme un immigré illégal dans un pays hostile. Il va enfin pouvoir redevenir quelqu'un. Quant à Tourignon, il l'appellera plus tard, lorsqu'il aura récupéré ses papiers.

Après une quinzaine de minutes de marche sur le sable humide du bord de mer, Annie repère la marina où la compagnie ParaSea amarre ses bateaux. Une seule embarcation attend au quai numéro deux. Annie retient un frisson de dégoût en détaillant le vieux rafiot à la peinture écaillée. Le mât semble trop fragile pour supporter le poids des câbles qui y sont attachés. Plié à la poupe, avec ses couleurs délavées, le parachute semble aussi vétuste que le bateau. Surprise, à son arrivée, de ne pas voir la foule se presser au guichet, la jeune femme comprend maintenant pourquoi. Elle songe à annuler son projet, puis elle repense à Steve, qui l'a littéralement abandonnée sur la plage. Elle avance résolument vers les deux hommes au teint très basané assis au bord du quai. L'un est négligemment vêtu d'un maillot de corps déchiré et cerné de sueur, l'autre est en chemise propre et pantalon. Elle s'adresse à ce dernier :

— C'est ici, pour les quinze minutes gratuites de *parasailing* ?

L'homme l'examine d'un air méfiant. Il demande, avec un accent prononcé :

— Ça dépend… Vous avez votre bon de réduction ?

Annie le lui donne, tout en examinant l'embarcation.

— Vous êtes sûr qu'il tient l'eau, votre bateau ?

— Qu'est-ce que c'est, votre nom ? demande l'homme sans relever la dernière remarque.

— Annie Jobin.

— Vous êtes seule ?

— Pourquoi ?

— Il y avait deux serviettes à l'endroit où mon assistant a déposé l'invitation. Nous croyions que vous viendriez tous les deux.

— Mon copain n'aime pas vraiment ce genre de divertissement.

— Il va regretter de ne pas être venu, je vous le promets. Alors, vous aimez les sensations fortes ?

— Oh oui ! Beaucoup !

— Dans ce cas, vous allez être servie. Vous savez nager ? demande-t-il encore pendant que l'autre, en maillot, ajuste une veste de sauvetage autogonflante sur le dos de sa cliente. Sur un signe affirmatif d'Annie, il poursuit :

— Vous n'avez qu'à tirer sur cette cordelette si vous avez besoin de la veste. Au programme, nous vous proposons une montée à une altitude de cent mètres, suivie d'un « touchez et repartez ». Vous allez aimer, j'en suis sûr. Si quelque chose ne va pas, faites des signes avec vos bras, nous allons vous ramener immédiatement au bateau. Vous êtes prête ?

Annie s'assoit sur une chaise boulonnée à la plateforme du bateau alors que les deux hommes discutent sur le quai. Ils tournent le dos à la jeune femme. Annie remarque que la conversation s'anime, l'un des hommes refusant les ordres de l'autre. Le ton monte. Le type en chemise sort un objet de sa poche. L'autre s'en empare et le fait rapidement disparaître. Il adresse ensuite un large sourire à Annie avant de larguer les amarres. Le bateau s'éloigne du quai. Instinctivement, la jeune policière vérifie les fixations de son parachute. Puis elle chasse la sensation de déjà-vu qui s'empare d'elle au moment où l'employé fait démarrer le moteur. *Je vais vivre une expérience unique au-dessus d'une mer bleu azur, alors que d'autres grelottent dans le froid glacial du Québec, et, comme je n'en ai que pour quinze minutes, aussi bien en profiter pleinement*, pense-t-elle en se détendant.

Steve se rend directement au poste de police de la 19e Avenue. Il se présente à l'accueil et demande ses papiers. La réceptionniste exige une pièce d'identité.

— Mais je n'en ai pas. Je me les suis fait voler. Les nouvelles sont probablement dans cette enveloppe. Regardez vous-même !

— Je regrette, je ne peux pas vous donner cette enveloppe sans preuve, et il m'est interdit de l'ouvrir. Quelqu'un peut-il se porter garant de vous ?

— L'inspecteur Tourignon.

— Il ne travaille pas ici.

— Je sais, fulmine Steve, il est d'Interpol. C'est lui qui m'a interrogé, hier.

— Vous êtes un suspect, donc. Dans ce cas…

— NON ! hurle Steve, à bout de nerfs. Je ne suis pas un suspect, et, si vous étiez assez intelligente pour ouvrir cette enveloppe, vous verriez immédiatement que je suis la personne à qui ces papiers sont destinés. Faites un effort, s'il vous plaît.

— Restez calme, monsieur, et assoyez-vous. Je vais en discuter avec mon supérieur.

Steve prend une inspiration profonde et la laisse sortir en serrant les dents. Il regarde sa montre. Il a déjà dix minutes de retard. Annie sera furieuse, c'est certain. Surtout qu'elle ne semblait déjà pas très heureuse qu'il soit parti sans elle. Mais que peut-il faire ? Tourignon lui a demandé de mener son enquête avec la plus grande discrétion et, surtout, de ne pas en parler à Annie.

— Monsieur Garneau ?

Steve s'approche du comptoir. La réceptionniste lui donne une enveloppe épaisse avec un regard embarrassé.

— Où est-ce que je signe ?

— L'inspecteur Tourignon s'en est chargé. Il vous attend dans la salle 3b.

Puis elle ajoute, mortifiée :

— Je suis désolée, inspecteur Garneau. Je croyais avoir affaire à quelqu'un… d'ordinaire.

— Si vous traitez les gens « ordinaires » de cette manière, ils sont vraiment à plaindre.

Son enveloppe en main, Steve se dirige d'un pas résolu vers la salle 3b, bien décidé à ne pas prolonger l'entretien avec Tourignon.

5

Sport extrême

Le moteur démarre, et l'embarcation franchit les rouleaux du ressac. Annie s'accroche solidement à la chaise, les yeux grands ouverts pour ne rien perdre du spectacle. Son corps est soudain envahi par une poussée d'adrénaline, comme lorsqu'elle se trouve en situation de danger. Elle se force à respirer calmement. Le moteur gronde en dégageant une fumée bleutée. Bientôt, ils atteignent le large. Le conducteur se positionne en travers des vagues qui bercent mollement le bateau. Il indique à sa cliente qu'il va laisser filer le câble dès que le parachute sera gonflé. Annie fait signe qu'elle est prête.

L'embarcation prend brusquement de la vitesse, et la jeune femme ressent au même instant la formidable traction du parachute vers l'arrière. Elle décolle du banc et reste quelques secondes suspendue près de celui-ci. Puis le pilote libère le câble. Le parachute s'élève dans le ciel, entraînant Annie au-dessus des flots.

Une sensation de vertige la submerge pendant un moment. Elle cligne des yeux pour chasser les larmes que le vent y fait naître. La vue qu'elle a, de cette altitude, est à couper le souffle. Comme sur une carte postale, elle détaille l'eau bleue sillonnée de courants verts et bordée par la plage, qui s'étend à perte de vue, les palmiers royaux en bosquets émeraude et les hôtels luxueux. Elle repère facilement leurs deux serviettes rouges rayées de bleu.

L'embarcation change soudain de direction. Elle file à toute vitesse vers le large, coupant les vagues sans ménagement. Annie ressent de douloureux coups de butoir dans ses épaules. Intriguée, elle observe avec attention le conducteur, qui, après avoir coincé le volant avec une barre, se dirige vers le dévidoir du câble. Un objet brille dans la main de l'homme. Avant qu'Annie ait pu deviner l'intention du pilote, la pression sur ses épaules se relâche brusquement. Le bateau amorce un virage et passe sous le parachute, qui glisse maintenant librement dans l'air.

L'incrédulité fait place à la fureur. Le salaud s'est débarrassé d'elle en pleine mer ! Mais pourquoi ? Elle n'a fait que répondre à une offre promotionnelle... Elle ne connaît pas ces gens-là et elle leur est aussi inconnue. Tout à coup lui revient en mémoire l'homme à la chemise argumentant avec celui qui semblait être son employé, puis l'échange d'un objet. Ce que l'homme en maillot a accepté, c'était peut-être une enveloppe contenant de l'argent. Elle s'en veut de ne pas avoir tenu compte des signaux d'alarme que son instinct lui avait envoyés. L'impression de déjà-vu qu'elle avait ressentie découlait sans doute du souvenir des nombreux pièges dans lesquels elle s'était jetée tout récemment, mais elle l'avait confondue avec l'excitation de l'expérience à venir. Dans ce cas, qui était l'autre homme et pourquoi cherchait-il à l'éliminer ?

Révoltée, Annie s'empare des suspentes de son parachute et tire de toutes ses forces pour virer vers la plage, mais le vent s'empare de la toile et la pousse plus au large. Elle glisse inexorablement vers la surface de l'eau, qu'elle trouvait tout à l'heure si invitante. Déjà, les hôtels de Miami ne sont plus que des silhouettes grises sur un horizon plat.

89

— Inspecteur Tourignon !

— Steve ! Appelez-moi Roger, je vous en prie. Alors, vous avez récupéré vos papiers en provenance de Sherbrooke ? Tout est en ordre ?

— Je crois. Je n'ai pas encore ouvert l'enveloppe.

— Et l'enquête, elle avance ?

— Non, je n'ai pas revu Marc. Il a quitté son condo et il ne s'est pas pointé au bar. Vous savez, ça peut être long, ce genre de traque, et mes vacances, si on peut les appeler comme ça, sont déjà bien entamées. Annie ne me laissera pas m'esquiver sans explications tous les jours. Je crois que je vais devoir revenir sur mon offre de participer à cette enquête.

— Vous ne pouvez pas faire ça, Steve. Marc vous connaît. Je ne vous l'ai pas dit hier, mais vous êtes présentement notre seul lien avec lui et peut-être notre unique chance d'infiltrer ce réseau pour le démanteler. Si nous ne réussissons pas, la prochaine attaque terroriste tuera peut-être des milliers d'Américains. La priorité n'est plus de prendre des vacances ou d'accompagner votre petite amie à la plage. Nous avons un problème de sécurité nationale.

— Vous allez prévenir mon patron ?

— C'est déjà fait. Sa réponse devrait se trouver avec vos papiers.

Le Québécois décachette l'enveloppe et en sort une épaisse liasse de documents : ses papiers d'identité, ceux d'Annie, deux cartes de crédit et son badge de policier. Une note accompagne le tout.

Salut Steve,

L'inspecteur Roger Tourignon, d'Interpol, nous a demandé de te faire parvenir quelques petites choses essentielles. Le patron a été très impressionné. Il vous accorde deux semaines de vacances de plus, chanceux ! Je t'envie de participer à cette enquête. Ici, c'est le calme plat, et je me suis fait un tour de rein à pelleter la neige de la dernière tempête. Pense à prendre un peu de soleil pour nous. Amitiés à Annie et... ne la laisse pas se mettre les pieds dans les plats !

N.B.: Si tu t'ennuies trop de Donut, nous te l'enverrons par courrier recommandé !

Michel Saint-Onge, sgt

— Donut, dit Steve en souriant. La présence de son compagnon à quatre pattes lui manque tout à coup.

— Donut? le questionne Tourignon. Qu'est-ce que c'est?

— Mon partenaire. À Sherbrooke, je suis inspecteur, mais également maître-chien. Vous avez le bras long, inspecteur, mais vous auriez dû m'en parler avant. J'avais donné mon accord pour vous mettre sur la piste de Marc Therrien, c'est tout.

— La situation a changé, Steve. Je vous ai dit que Marc était chargé de traverser la frontière avec un paquet. Il devait ensuite le transmettre à un contact que nous avions identifié. Mais cet homme a été assassiné. La piste du groupe terroriste que nous avons suivie jusqu'ici s'est malheureusement embrouillée avec le meurtre de ce dernier, qui est visiblement l'œuvre d'un professionnel. Il semble que nous ne soyons pas les seuls à rechercher ces terroristes.

— Croyez-vous que ce sont les mêmes qui ont fouillé notre appartement?

— C'est possible. Nous devons reprendre contact avec Marc, car nous pensons qu'il a encore le paquet, sinon son appartement et le vôtre n'auraient pas été fouillés de la sorte.

Si Marc ne peut plus passer le paquet, soit parce qu'il est blessé, soit parce qu'il a peur, nous devons l'aider. Vous comprenez, c'est notre seule piste.

— Inspecteur Tourignon, je veux bien travailler pour vous, mais il serait peut-être temps que vous m'informiez davantage sur ce «paquet» qui tient tout le monde en haleine. C'est une bombe, un missile, un satellite-espion?

— Vous ne lisez pas les journaux?

— Je suis en vacances! Enfin, je croyais l'être.

— *Bacillus anthracis,* le bacille du charbon, vous connaissez? Non? L'anthrax, dans ce cas. Ça doit bien vous dire quelque chose? Déjà vingt morts, dans un conteneur en provenance d'Haïti. Mais nous croyons que ce n'est qu'une diversion, un accident peut-être. Le vrai réseau, celui sur lequel nous enquêtons depuis un an, passe par le Canada. La bactérie arriverait de Russie, d'un laboratoire toujours actif depuis la fin de la Guerre froide et la chute du rideau de fer.

Une bouffée de chaleur monte à la tête de Steve. Le mot «anthrax» est à lui seul suffisant pour semer la terreur. Une arme si infime et si puissante qu'elle peut se cacher n'importe où et attaquer n'importe quand. Et on lui demande, à lui, Steve Garneau, de partir en croisade contre ce fléau. Est-ce une marque de confiance ou l'utilise-t-on, comme on le faisait avec les prisonniers allemands pour déminer les champs, après la Seconde Guerre mondiale ?

Touchant la surface de l'eau, Annie se dit que c'est maintenant que l'aventure extrême commence. *Un essai gratuit, c'était trop beau pour être vrai !* se sermonne-t-elle tout en cherchant à s'extraire du harnais solidement ajusté. Heureusement, la mer est calme, des bateaux sont visibles au loin, et le parachute fait une grande tache de couleur à la surface de l'eau. Après quelques contorsions dignes du grand Houdini, la jeune femme réussit à se débarrasser de son harnais. Elle trouve la poignée pour le gonflage automatique de sa veste et tire dessus d'un geste brusque. La poignée lui reste dans les mains sans que le gilet ne gonfle. Fébrilement, elle tâte à la hauteur des épaules et trouve le tube qui devrait lui permettre d'insuffler elle-même l'air dans la veste. Elle expire à petits coups, mais constate que rien ne se passe. Soudain, des bulles viennent éclater à la surface. Incrédule, elle cherche la fuite du bout des doigts. Une déchirure longue de plusieurs millimètres rend la veste inutile.

Une boule d'angoisse se forme subitement dans son estomac. Sans veste, sa survie ne tient plus qu'à un fil. Même si elle se considère en forme, même si l'eau lui paraît plus chaude que celle d'un lac québécois en été, elle sait qu'en luttant contre l'hypothermie, elle grugera rapidement ses réserves d'énergie. Annie tourne plusieurs fois sur elle-même espérant qu'un bateau se soit approché d'elle. Mais non. Ils sont tous trop loin pour que quelqu'un, à bord, remarque ses gestes désespérés ou entende ses appels à l'aide. Il ne lui reste qu'une solution, qu'elle envisage avec pessimisme : nager vers le rivage, et prier pour qu'aucun courant marin ne l'éloigne de son but.

Elle commence à nager en crawl, puis s'arrête brusquement. Y a-t-il des requins dans l'océan Atlantique ? Elle regrette tout à coup que ses seules connaissances sur ces prédateurs marins datent de sa jeunesse, alors qu'elle écoutait *JAWS, les dents de la mer*. Incertaine, Annie recommence à nager, la tête hors de l'eau, mais en adoptant une brasse silencieuse pour ne pas alerter ses ennemis potentiels. Au bout de quinze minutes, elle fait un nouveau tour d'horizon. Les bateaux se sont éloignés, et la terre ne semble pas plus proche. Aucun aileron ne fend la surface. Elle serre les dents, et l'idée que Steve doit s'inquiéter ne la réjouit plus.

Steve presse le pas. L'enveloppe sous son bras semble peser plus lourd que tout à l'heure. L'enquête, telle qu'elle lui apparaît maintenant, ne l'enchante pas. Ce qui n'était qu'un simple coup de main à un collègue devient maintenant une poursuite d'envergure internationale. Il est sur la piste de terroristes prêts à utiliser une arme biologique pour parvenir à leurs fins. De tous les criminels, les terroristes sont ceux qui l'ont toujours le plus dégoûté. Il n'arrive pas à accepter que des hommes et des femmes puissent tuer des innocents et s'enlever la vie pour satisfaire un dogme, une cause ultime. Dans cette affaire, il y a trop de questions sans réponse. Quelle motivation anime ces terroristes, qui seront les victimes, quelle est la portée de leur arme ?

Et surtout, qui sont ces tueurs silencieux ? Steve l'ignore, Tourignon semble l'ignorer aussi. Et c'est sans compter ceux qui semblent engagés dans une lutte parallèle à la leur, ceux qui ont tué le contact de Marc, ceux qui ont fouillé leur appartement. Sont-ils les mêmes ? Ces gens connaissent leur identité, la sienne et celle d'Annie. Ils savent où les trouver. Le couple est-il en danger ? Devraient-ils finir leurs vacances ailleurs ou même revenir au Québec ? Et Annie, doit-il la mettre au courant ? Court-elle plus ou moins de risque s'il la tient dans l'ignorance ? Avec son caractère impulsif, elle peut aussi bien se placer entre le fusil et la cible…

Lorsqu'il arrive sur la plage, Steve cherche Annie du regard. Les serviettes sont toujours à la même place. Il observe la mer, calme et apparemment déserte, puis il remarque le prospectus. Il sourit en se disant qu'elle, au moins, profite de son congé. Il s'assoit et commence à lire les documents que Michel Saint-Onge lui a envoyés de Sherbrooke.

En toussant, Annie recrache l'eau salée qu'elle vient d'avaler. La crampe au mollet arrivée sans avertissement a brusquement interrompu sa concentration. En position fœtale, la jeune femme tire de toutes ses forces sur ses orteils tout en massant son muscle endolori avec sa main. L'autre pied continue de battre l'eau alors qu'elle tente de rester à la surface. Quand la douleur devient plus tolérable, Annie se couche sur le dos en s'obligeant à rester calme. Le ciel bleu électrique, avec ses nuages flottant paresseusement au-dessus de sa tête, n'arrive pas à la rassurer. Il s'en est fallu de peu pour qu'elle se noie.

Aucun bateau n'a croisé sa route. Aucun ne s'en est même approché. Autour d'elle, il y a une étendue vertigineuse. Dessous, une profondeur insondable. Annie lutte, seule, contre un désert liquide. Et assoiffant. Il n'y a que devant où luit un peu d'espoir. Heureusement, elle n'est pas du genre à abandonner. La rive est encore loin, mais elle a sensiblement grossi, et, de là où elle se trouve, la nageuse peut voir la frange d'écume des rouleaux qui viennent s'échouer sur la plage. La crampe passée, Annie reprend sa brasse en méditant sur les raisons qui ont poussé l'homme à l'abandonner en pleine mer. La rage l'empêche de sombrer dans le désespoir.

Le soleil a baissé. Steve frissonne en rame-
nant sa serviette sur lui. Il s'est assoupi alors
qu'il lisait le dossier sur Marc Therrien, envoyé par son collègue. L'esprit embrouillé par
le sommeil, il s'assoit et cherche Annie à ses
côtés. Personne. En une seconde il est debout,
alarmé qu'elle ne soit pas encore de retour
après tout ce temps. Il inspecte la mer, la
plage, la route. Il l'appelle. Puis il regarde sa
montre, calculant depuis quand il n'a pas vu
Annie. Trois heures. C'est impossible. Sa main
étreint le prospectus de la compagnie ParaSea.
Une publicité en noir et blanc imprimée sur
du mauvais papier. La marina est dessinée à
main levée. Après un dernier regard sur l'horizon, où ne plane qu'une volée de mouettes,
Steve part à la course en direction des quais.

Quelques minutes plus tard, les gens inter-
rogés sont unanimes : personne n'a entendu
parler d'une compagnie de *parasailing* offrant
des essais. Ils l'envoient tous au quai suivant,
situé un kilomètre plus loin, où trois entreprises dispensent des services semblables.
Pourtant, selon le plan dessiné sur le prospectus, il est au bon endroit. Steve scrute

longuement le large sans apercevoir de parachute ou de bateau. La mer est désespérément vide. Il souhaite ardemment qu'Annie soit retournée à l'appartement par ses propres moyens. Une crise de frustration sera toujours plus facile à gérer qu'une disparition.

Il se dirige vers une cabine téléphonique et compose le numéro du condo. Il laisse sonner en retenant sa respiration. Pas de réponse. Annie serait-elle fâchée au point de ne pas vouloir répondre ? Il recompose le numéro, sans obtenir autre chose que la sonnerie. Annie n'aurait sûrement pas laissé les serviettes sur la plage si elle était repartie au condo. Soudain, la mise en garde de Tourignon lui revient en mémoire : « Ils ont vos papiers d'identité, vos cartes, votre argent. Ils ont un avantage sur vous. Ils vous connaissent maintenant. » Un frisson glisse le long de la colonne vertébrale de Steve. Annie aurait-elle pu être enlevée par les hommes qui ont fouillé leur appartement ? Mais pourquoi ? Et pourquoi elle et non lui ?

Steve serre les poings. Il sent la rage lui assécher la gorge. D'un pas vif, il se dirige vers la plage, où il a laissé les serviettes. Tout à coup, un homme le hèle en gesticulant dans sa direction. Steve se rapproche et le recon naît. C'est un pêcheur qu'il a interrogé, plus tôt, à la marina. Il parle seulement espagnol, mais le Québécois n'a pas besoin d'explications pour comprendre ce qu'il veut dire. L'homme lui prête ses jumelles en lui désignant une direction, au large. Au bout de quelques secondes, Steve repère un point noir qui apparaît et disparaît, ballotté par les vagues. Il écarquille les yeux, cherchant à identifier l'objet. Ce pourrait être un bout de bois ou un ballon de plage, mais il y a une chance, si infime soit-elle, pour que ce soit Annie. Déjà, le pêcheur l'entraîne vers son bateau, amarré au quai. Ils sautent dans l'embarcation, et le marin pousse le moteur à fond.

Plus ils s'approchent, plus Steve est convaincu qu'ils ont retrouvé Annie. Il se dit en lui-même qu'il remerciera le ciel tous les jours si c'est bien elle. Bientôt, la nageuse les remarque et leur signale qu'elle est en détresse en tapant sur l'eau du plat d'une de ses mains. Steve reconnaît son profil et sa gestuelle furieuse. C'est bien elle ! Malgré son soulagement, il ne peut empêcher un mauvais pressentiment de monter en lui. Et si l'Hispano-Américain n'était pas le bon samaritain qu'il imagine, mais un de ceux qui cherchent à se débarrasser d'eux ? S'il se dirigeait vers la jeune femme non pour la sauver, mais pour l'abattre ? Et lui en même temps. C'est tellement facile de larguer deux corps dans cette mer truffée de prédateurs affamés.

Steve se tourne vers le pilote et le dévisage longuement. L'homme sourit de toutes ses dents en tapant sur sa cuisse. Il semble si heureux d'avoir retrouvé la jeune femme que le policier peut difficilement se méprendre sur ses intentions. Le bateau ralentit, puis s'arrête à quelques mètres d'Annie. Tout en observant le marin du coin de l'œil, Steve se penche par-dessus bord et repêche sa compagne.

— Tu n'es pas blessée ? s'inquiète-t-il en la serrant dans ses bras.

— Non, juste épuisée et déshydratée. Je ne suis pas sûre que j'aurais eu la force de nager jusqu'à la plage…

— Qu'est-ce qui s'est passé ? Tu ne devais pas faire du *parasailing*? lui demande Steve tout en faisant signe à l'homme de retourner au quai.

Annie prend le temps de boire d'un trait toute la bouteille d'eau que Steve lui a donnée avant de répondre :

— On m'a larguée comme un vulgaire chargement toxique.

— Qui, ON ?

— Quelqu'un de la compagnie ParaSea.

— Qui n'existe pas, Annie. Il n'y a pas de compagnie de *parasailing* au quai d'où tu as décollé.

— Je n'ai pas rêvé, Steve : la compagnie existait bel et bien. Je pourrais reconnaître le bateau et le parachute, et je peux décrire les hommes qui m'ont embarquée.

— Reprends des forces, avant. Nous nous occuperons d'eux plus tard, murmure Steve en l'enveloppant dans une couverture que lui tend le marin. Annie frissonne un moment, puis le jeune homme la sent se détendre. Elle s'est assoupie. Lorsqu'ils accostent, Steve hésite à la réveiller et contemple un instant sa courageuse rescapée au visage brûlé par la fatigue et le soleil.

Après avoir remercié le pêcheur chaleureusement, Steve et Annie reprennent le chemin de la plage. En route, ils parlent peu, chacun étant perdu dans ses propres pensées. Lorsqu'ils arrivent à la hauteur de leurs effets personnels, un garçon d'une dizaine d'années les observe avec intensité. Il s'approche et demande dans un français presque parfait, en pointant les serviettes :

— C'est à vous ?

— Oui et rien de tout ça n'est à vendre ou à voler. Que veux-tu ?

— On m'a demandé de vous remettre ça, dit-il en tendant à Steve un morceau de papier.

Aussitôt sa mission accomplie, le garçon détale comme s'il avait le diable à ses trousses.

Steve lit les quelques mots écrits à la main : « Ne vous mêlez pas de ça. La prochaine fois, vous n'aurez pas la même chance. » Il serre les dents et se met à courir après le gamin. Il le rattrape bientôt et le plaque au sol. Annie les rejoint et remet sur ses pieds le messager, qui roule des yeux affolés.

— Steve, calme-toi ! Il ne t'a rien fait.

— Qui t'a donné ce mot ? rugit le policier en tenant fermement le garçon par les épaules.

— Je ne sais pas, se lamente le garçon.

— Tu mens ! Réponds ou je te flanque une correction dont tu te souviendras toute ta vie.

— Steve, tu ne vois pas que tu lui fais peur. Laisse-moi lui parler, dit Annie en éloignant son partenaire.

— Il m'a seulement dit de vous attendre et que, si la dame revenait, je devais vous remettre ce message.

Annie déglutit avec peine. «Si la dame revenait…» Ces salauds ne l'avaient pas éliminée, non, ils avaient laissé la mer se charger de cette sale besogne. Elle en était revenue, et cette note prouvait qu'ils la surveillaient et pourraient recommencer, en étant plus expéditifs la prochaine fois. Qu'avait-elle fait pour mériter de pareilles vacances?

— Peux-tu me dire à quoi ressemblait l'homme qui t'a parlé?

— Euh… il avait la peau foncée…

— Il était bronzé ou bien avait-il la peau noire? demande Annie.

— Non, il avait la peau plutôt brune. Des cheveux et une barbe noirs. Et il parlait avec un drôle d'accent.

— Sais-tu de quelle nationalité il était?

— Non. Est-ce que je peux partir maintenant?

— Oui, mon garçon, et je t'en prie, tiens-toi loin de cet homme…

Annie regarde le jeune messager s'éloigner en scrutant attentivement les environs. «Si la dame revenait», avait dit le gamin. Eh bien! elle était revenue et elle n'avait pas l'intention de se laisser faire.

6

God Save America[13]

— Mesdames, Messieurs, veuillez vous asseoir. La réunion va commencer. Miguel, j'aimerais n'être dérangé sous aucun prétexte. Branchez bien le système d'alarme avant de sortir.

Frank Masset n'a pas eu besoin de hausser la voix pour obtenir l'attention. De stature imposante, les cheveux poivre et sel, le regard vif et intelligent, Masset est propriétaire d'une importante usine d'armes à feu. Pourtant, ce n'est qu'autour de cette table qu'il se sent réellement vivre. Il y préside ce groupe singulier depuis une dizaine d'années. Parmi eux se trouvent un avocat, un pharmacien, un journaliste, une infirmière, ainsi qu'un

---

13. Dieu sauve l'Amérique.

camionneur, un imprimeur, deux professeurs, un mécanicien et un ancien militaire. Comme plusieurs, ils ont adopté la mode de l'Ouest américain : chapeau de cow-boy et bottes de cuir, mais ce qui les unit n'a rien à voir avec les westerns, les chevaux, les paris ou un quelconque intérêt sportif. Non, les GSA, acronyme de « God Save America », sont liés par une haine viscérale des Arabes.

Aucun d'eux n'a jamais mis le pied au Moyen-Orient, et ils sont tous natifs de petites villes tranquilles peu touchées par l'immigration. Et pourtant, la haine qu'ils vouent au peuple arabe est aussi palpable que celle qu'éprouvaient certains de leurs ancêtres envers les Afro-Américains au temps du Ku Klux Klan.

Ils se sont connus au cours d'une manifestation, au lendemain de l'attaque du World Trade Center[14], en février 1993. C'était le tout premier attentat terroriste en sol américain. Ils avaient alors découvert que leur ter-

---

14. Le 26 février 1993, un minibus chargé de cinq cents kilogrammes d'explosifs explose dans les stationnements souterrains de l'édifice. Six personnes sont tuées, et mille autres blessées. Ramzi Amhed Yousef, la présumée tête dirigeante de l'attentat, est arrêté en 1998 et condamné à deux cent quarante ans de prison. Ben Laden est soupçonné d'avoir commandité l'attaque.

ritoire, malgré sa puissance militaire et son image d'invulnérabilité, n'était pas à l'abri du terrorisme. Dans l'autobus qui les ramenait vers leur petite ville de la Floride, ils avaient longuement discuté. Se remémorant les propos de John F. Kennedy, ils avaient parlé ensemble de ce qu'eux, simples citoyens, pouvaient faire pour leur pays plutôt que de ce que leur pays pouvait faire pour eux.

Jusqu'à récemment, leurs interventions avaient surtout visé des individus isolés. Il s'agissait de menaces, d'avertissements, d'appels anonymes et de quelques agressions à l'arme blanche. Ils n'avaient jamais pris de grands risques, et leurs actions n'avaient fait la une d'aucun journal. Cependant, après les événements du 11 septembre 2001, leur mission était devenue une véritable croisade. Puisque les Arabes, dirigés par Oussama ben Laden, avaient pris la liberté d'attaquer lâchement les États-Unis, les membres du GSA croyaient maintenant avoir la permission, pour ne pas dire l'obligation, de débarrasser l'Amérique de tous les Arabes sans exception.

Ils ne se considéraient pas comme des terroristes, mais comme des militants d'extrême droite, des proaméricains. Ils refusaient d'avoir recours à des bombes qui tuent sans discernement des innocents, à des attaques kamikazes ou à toute autre méthode «barbare» employée par leurs ennemis. Leur but était plutôt de créer une arme intelligente qui, à l'instar des anticorps d'un organisme vivant, cibleraient uniquement les cellules malades.

— Cette rencontre n'a jamais eu lieu, commence Masset, comme il le fait chaque fois en guise d'introduction. Je veux que vous vous rappeliez votre serment, et que Dieu vous guide dans vos propos et vos actes. Si vous le voulez bien, respectons une minute de silence pour notre ami William. Il était notre plus jeune militant, et son départ ne doit pas nous faire oublier que nous sommes tous engagés au péril de nos vies dans une cause qui dépasse notre individualité. Soyez cependant assurés que sa mort ne restera pas impunie.

Le siège libre, à côté de Masset, leur rappelle amèrement que la défense de leur cause comporte des risques non négligeables, et qu'ils ont franchi un point de non-retour. Ils ont appris la mort de William ce matin, à la lecture du journal. Un meurtre de plus dans la jungle de Miami. Pour eux, un premier martyr, descendu à bout portant dans sa voiture alors qu'il s'apprêtait à prendre livraison de la marchandise. Ils ont beau s'interroger, ils ignorent qui a pu commettre ce meurtre. L'homme détenant le paquet ? La police ? Le FBI ? Un malheureux hasard ? Qui aurait pu être au courant des déplacements des membres de leur groupuscule ? L'incertitude relançait la terrible question : y a-t-il un traître parmi eux ?

— Nous avons une grave décision à prendre, explique Masset après avoir observé longuement chaque membre de son groupe. Monsieur Brady, votre rapport, s'il vous plaît.

L'interpellé sursaute. Il se lève et éclaircit sa gorge tout en fouillant dans sa paperasse pour se donner une contenance.

— Euh… voilà, le projet est compromis. Nous attendons toujours la livraison de l'anthrax…

— Le produit, Brady, le produit. Nous avons déjà convenu de ne pas prononcer ce nom. C'est trop dangereux.

— Euh… oui, pardon. Nous savons qu'il a quitté le laboratoire de Novossibirsk, en Sibérie, il y a deux mois. Il a été récupéré par notre contact, Marc, au port de Montréal. Il a ensuite franchi la frontière canadienne sans difficulté et est arrivé à Miami. Jusque-là, pas de problème. Vient ensuite le transfert. William devait rencontrer Marc pour procéder à l'échange. Nous avons mis le message codé dans une petite annonce du *Miami Sun* du 1er mai, indiquant le lieu et l'heure du rendez-vous. Le corps de William a été découvert par la police vers dix-huit heures, soit deux heures après le moment fixé pour l'échange. Nous ignorons si William a été abattu avant ou après avoir pris livraison du paquet. Dans le premier cas, le produit est toujours entre les mains de Marc, et on pourrait le soupçonner d'avoir assassiné William. Dans le second cas, le produit est perdu à jamais, mais cela disculpe Marc.

— Il nous a doublés, c'est certain ! s'exclame Deborrah Morris, une femme d'âge mûr qui a été professeure de science politique avant d'intégrer le groupe. Il a vendu la marchandise à plus offrant.

— « À vendre, anthrax purifié, excellent pour attentat terroriste »… Je vois ça d'ici, raille l'ex-militaire. Je crois plutôt que William s'est fait prendre par la police. Depuis l'accident du conteneur, le FBI est sur les dents.

— Mais on en aurait sans doute entendu parler dans les médias, conclut l'imprimeur.

— Sûrement pas. Les autorités n'auraient pas dévoilé la nature du produit pour ne pas alerter la population ni perdre la chance de mettre la main sur des terroristes.

— Son retard est peut-être simplement dû au fait que Marc n'a aucun moyen de reprendre contact avec nous, suggère Arleen, une mère de famille qui s'est jointe au groupe peu de temps après que son fils eut trouvé la mort en Irak. C'est bon signe ! Ça peut aussi vouloir dire que William n'est pas passé aux aveux avant de mourir.

— Arleen a raison, conclut Masset. Seul William savait où nous trouver. Envoyons un message à Marc par la filière habituelle. S'il ne vient pas au rendez-vous, on avisera.

Steve gare sa voiture devant le bar O'Toole. Il est dix heures, et, malgré cette heure matinale, plusieurs véhicules sont garés devant le débit de boissons. Une vapeur oppressante se dégage de l'asphalte surchauffé. *La journée promet d'être torride*, pense Steve en maugréant. Il a laissé Annie seule au condo, prétextant qu'il allait acheter des provisions.

La jeune femme était encore couchée, courbaturée, se remettant lentement de sa nage forcée de la veille. Les propos acerbes de cette dernière ne laissaient aucun doute quant à l'orage qui menaçait d'éclater. Steve s'était éclipsé sans attendre.

Le policier sort de la voiture et se dirige lentement vers le bar. Tourignon lui a dit que ses hommes pensaient avoir vu Marc, à cette même heure, la veille. Ils l'avaient malheureusement perdu de vue dans la circulation. Steve espère ne pas avoir à y revenir trop souvent, car cet endroit miteux ne l'inspire pas du tout. L'odeur fétide de bière rance à cette heure matinale lui donne des haut-le-cœur. Mais il doit reprendre contact avec Marc le plus rapidement possible, sinon la seule piste les conduisant à ce supposé groupe terroriste s'effacera d'elle-même.

Lorsqu'il pousse la porte du O'Toole, l'obscurité le surprend, et un nuage de fumée le prend à la gorge. La salle est à moitié pleine, et bruyante. Des écrans projettent la reprise d'un match de hockey entre le Lightning de Tampa Bay et les Canadiens de Montréal. Les yeux rivés sur l'écran, Steve se dirige vers le comptoir et commande une bière en fût. Il avale quelques gorgées en retenant une grimace, puis se retourne et, mine de rien, examine les clients. Avec un sursaut de plaisir, il remarque l'ancien concierge du *Silver Tower*, attablé seul au fond de la salle, un journal ouvert devant lui. Marc fait un discret signe de la main à Steve, qui affiche un air surpris en se dirigeant vers la table. Les deux hommes se serrent la main, et Steve s'assoit, acceptant l'invitation de Marc.

— *Long time no see*[15] ! s'exclame Steve, sur un ton léger. On ne devait pas s'organiser un petit souper ?

— Ah oui ! J'avais oublié. Je suis désolé. Annie n'est pas avec toi ?

— Elle se repose au condo.

— Vous êtes en vacances pour combien de temps encore ?

— Deux semaines, peut-être trois. On n'a pas encore décidé. Entre nous, certains jours j'ai le goût de dire : « Fais tes valises, la mère, on s'en retourne ! » mais je crois que ça lui fait du bien, le soleil et la plage. Et toi, quoi de neuf ? Travailles-tu toujours au *Silver Tower* ? demande Steve innocemment. Je ne t'ai pas vu depuis quelques jours.

---

15. Longtemps qu'on s'est vus !

Marc ne dit rien pendant un instant. Il regarde autour de lui, puis son regard devient fixe. Steve croit y discerner une trace d'inquiétude. Marc s'excuse, reprend son journal et se dirige rapidement vers les cabinets d'aisances. Steve se retourne lentement. Deux hommes aux allures de boxeurs sous des chemises fleuries se séparent au même moment. L'un d'eux s'assied à une table, l'autre sort à l'extérieur. Intrigué, Steve se dirige vers la sortie et pousse la porte. La lumière de l'extérieur l'aveugle durement. Personne. En rasant les murs, son arme à portée de main, il fait le tour du bâtiment. Une porte de service, à l'arrière du bar, finit de se refermer. Steve revient à la course vers le stationnement, juste à temps pour apercevoir une voiture qui démarre en faisant crisser ses pneus. Un nuage bleuté de caoutchouc brûlé l'empêche de discerner les numéros de la plaque minéralogique. Dépité, le policier retourne à l'intérieur et cherche Marc dans la pénombre de l'établissement. L'autre homme en chemise n'est plus à sa table. Inquiet, Steve se dirige vers la salle des toilettes. La porte est bloquée par un objet lourd. Steve pousse avec son épaule et parvient à l'entrebâiller suffisamment pour entrer.

Marc gît par terre, inconscient. Son visage est tuméfié, et du sang perle sur ses lèvres. Ses vêtements déchirés témoignent des violences qu'il vient de subir. Steve vérifie son pouls et soupire de soulagement. Il n'aurait pas aimé perdre son seul contact dans cette enquête. Le policier prend des papiers à mains qu'il imbibe d'eau pour ensuite les appliquer sur le visage de Marc. En gémissant, celui-ci reprend lentement conscience. Son premier réflexe est de s'assurer qu'il a toujours son journal.

— Ça va, Marc, ils sont partis. Tu peux te relever ?

Pour toute réponse, il obtient un gémissement. Marc se tient les côtes et paraît mal en point.

— Veux-tu que j'appelle une ambulance ?

— Non, surtout pas, s'empresse-t-il de répondre en haletant. Ça va aller, laisse-moi seulement reprendre mes esprits.

— Qu'est-ce qu'ils te voulaient ?

— Laisse tomber.

— Aller Marc, si les amis ne peuvent pas s'entraider…

— Je leur dois de l'argent.

— Des dettes… de drogue ?

— Non, je ne touche pas à cette cochon-
nerie. Ce sont des dettes de jeu. Je leur ai
donné tout ce que j'avais, mais ce n'est pas
suffisant. Il ne me reste que ma peau, et, ça
aussi, ils sont à la veille de l'avoir.

Le doute s'installe dans l'esprit de Steve.
Il se dit que Tourignon s'est peut-être trompé
sur le compte de Marc, qui tient encore contre
lui le journal donnant probablement les résultats de ses derniers paris. L'ex-concierge est-
il un dangereux terroriste ou simplement un
joueur compulsif?

— Écoute, Marc, as-tu suffisamment d'argent pour manger, un endroit pour dormir?

— Ne te mêle pas de ça, Steve. T'es un
trop bon gars, et je m'en voudrais s'il vous
arrivait quelque chose, à toi ou à Annie…

— Pas de discussion. Je t'emmène chez
moi.

— Pas au condo, je crois que mon appartement est surveillé. Je connais un petit motel,
pas loin.

— D'accord. On prend ta voiture. Je
viendrai chercher la mienne plus tard.

— T'es un frère pour moi, Steve. Je te le
revaudrai.

Steve aide Marc à se remettre debout en
jubilant intérieurement. Il ignore qui étaient

ces deux hommes en chemises fleuries, mais, grâce à leur intervention musclée, obtenir la confiance de Marc a été d'une simplicité désarmante. Il espère maintenant que cette confiance sera suffisante pour qu'il lui confie une chose beaucoup plus précieuse. Et plus dangereuse…

Steve arrête la voiture de Marc devant la porte 86 du Sun Inn, un modeste motel pour vacanciers. Marc descend de la voiture en se tenant les côtes et demande à Steve de la garer de l'autre côté du bâtiment, pour éviter que ses assaillants puissent repérer sa chambre. Le policier s'exécute en se disant que Marc lui facilite vraiment la tâche. À l'abri des regards, il en profite pour fouiller la boîte à gants et le coffre arrière, mais il ne trouve rien de compromettant. Puis il fixe un minuscule émetteur dans un recoin de la carrosserie, petit gadget que lui a envoyé Michel avec les papiers d'identité. Il retrouve ensuite Marc dans sa chambre.

Alors qu'il nettoie ses plaies, le jeune homme laisse échapper un juron devant Steve.

— Ça va ?

— Je crois que je me suis fait casser des côtes, grimace l'ancien concierge en palpant son torse bleui.

— Je t'ai dit que je pouvais te conduire à l'hôpital.

— Non, ce ne sera pas nécessaire. Quelques jours de repos, et rien n'y paraîtra plus. Aide-moi seulement à me faire un bandage.

— Tu sais, si je peux faire quelque chose pour toi, ne te gêne pas, insiste Steve.

Marc garde le silence un moment. Il semble hésiter.

— Ce n'est vraiment pas de chance. Je suis condamné à rester ici plusieurs jours, et si ces types me retrouvent…

— C'est ta dette qui t'inquiète. Il doit bien y avoir un moyen de l'acquitter ?

— J'en aurais eu un, mais…

— Lequel ? demande Steve en retenant son souffle.

— Une livraison. C'est un paquet que je devais transporter, mais, dans l'état où je suis, je ne peux même pas conduire ma voiture.

Bingo ! pense le policier.

— Ce ne sont pas des matières illégales, au moins ?

— Non, bien sûr ! C'est un riche Américain qui fait venir des pièces de collection, des papillons rares, je crois, pour son musée personnel. Et il paie très bien, pourvu qu'on fasse le travail en toute discrétion.

— Je peux le faire, si tu veux. Tu récupéreras ton argent et tu pourras payer tes créanciers.

— Je ne peux pas te demander cela, Steve. Tu en as déjà fait suffisamment pour moi.

— Non, je te jure ! Je m'ennuie un peu ici, et de l'action me changera de la monotonie de la plage et des marchés aux puces.

— Oui, je vois ce que tu veux dire. Mais n'en parle pas à Annie, d'accord ? À personne d'ailleurs. L'Américain est très pointilleux là-dessus.

— C'est pour te rendre service, Marc. Si tu crois que je ne devrais pas…

— Non, non, c'est juste qu'il faut respecter ses volontés. C'est lui qui paie, après tout ! Assure-toi de ne pas être suivi. Il va te donner une mallette en échange. J'ai le code pour l'ouvrir. Je vais partager avec toi.

— Ce n'est pas nécessaire, Marc. Garde ton argent pour te sortir de tes embêtements. Et ensuite, n'y retombe pas, d'accord ? N'oublie pas qu'on doit se faire un barbecue. Et ça, j'y tiens !

Marc éclate de rire puis gémit en se tenant les côtes. Il explique ensuite à Steve le trajet pour se rendre au lieu de livraison et le moyen de reconnaître l'Américain. Puis il lui dévoile où il a caché le paquet. Steve n'en revient pas. Tout ce temps, l'objet en question était dangereusement à portée de main.

— Tourignon, c'est Garneau.

— Ne parlez que si votre ligne est sécuritaire. La mienne l'est.

— Ça va, je vous appelle de mon nouveau cellulaire. J'ai vu notre homme et je sais maintenant où se trouve l'anthrax.

— Excellent ! Personne ne vous a suivi ?

— Non.

— Alors, où est-il ?

— Dans le local d'entretien de la piscine, au *Silver Tower*. Marc l'a mis dans un baril de chlore vide à double fond. Je ne crois pas qu'il m'ait menti. Allez-vous envoyer une équipe spécialisée pour le retirer de là ?

— Vous n'y pensez pas, Steve : aussi bien mettre un gros panneau publicitaire devant l'entrée : « Anthrax découvert dans un condo pour personnes âgées ». Non, vous devez jouer de finesse.

— Tourignon, vous me faites peur. Vous voulez que je la récupère moi-même ? Et si j'étais contaminé en manipulant la boîte ? Vous m'avez dit que vingt personnes sont décédées dans un conteneur à cause de l'anthrax. J'ai peur de comprendre pourquoi vous m'avez demandé de vous aider…

— Non, Steve, vous n'y êtes pas du tout. Les morts du conteneur n'ont rien à voir avec notre histoire. Marc a transporté l'anthrax de Montréal à Miami, et d'autres l'ont fait avant lui depuis la Russie. De nos jours, des quantités très importantes de toutes sortes de bactéries circulent par la poste. Si le paquet est hermétique, ce dont je ne doute pas, le risque est vraiment minime. Il s'agit de ne pas abîmer l'emballage.

— Et je dois remettre cette substance à « l'Américain » ?

— Jamais de la vie ! Nous allons détruire le contenu de cette boîte et lui substituer une autre poudre très semblable qui provoque une désagréable réaction cutanée, mais sans gravité. Nous voulons remonter jusqu'au destinataire final et arrêter toute l'organisation en même temps. Nous travaillons sur ce réseau depuis un an, mais nous n'en connaissons ni l'ampleur ni la tête dirigeante.

— Puis-je être franc avec vous, inspecteur Tourignon ?

— Appelez-moi Roger, je vous en prie.

— Je ne comprends pas pourquoi vous m'utilisez, moi, un pur inconnu, pour résoudre une partie aussi importante de cette affaire.

— Grâce à vous, nous venons de retrouver la trace de Marc Therrien. Vous êtes son seul contact connu. De plus, comble de chance, vous êtes policier, et il l'ignore. Comment passer à côté de cette occasion ?

— Et qu'arrivera-t-il à Marc ?

— Mes hommes vont s'en occuper, ne vous en faites pas. C'est un terroriste, après tout.

— Peut-être ignorait-il tout de ce qu'il transportait ? hésite le Québécois. Il m'a expliqué que l'Américain était un collectionneur privé et qu'il faisait venir des pièces pour son musée. S'il avait été au courant du véritable contenu du paquet, jamais il n'aurait accepté de me le donner.

— Cela nous regarde, Steve. Et si vous avez peur qu'il sache que vous êtes mêlé à son arrestation…

— Non, ce n'est pas ça. Il m'a paru être un chic type, voilà tout. Maintenant, qu'est-ce que je dois faire ?

— Nous placerons un localisateur dans la fausse boîte, ce qui nous permettra de la suivre jusqu'à son ultime destination. Mais il faut que quelqu'un la remette à l'Américain…

Steve réfléchit quelques secondes. D'un côté il y a le risque, difficile à évaluer bien que réel, représenté par deux groupes probablement rivaux qui n'hésitent pas à tuer pour parvenir à leurs fins ; de l'autre, il y a le devoir à accomplir et une certaine fierté d'avoir été choisi pour ce travail. Et aussi la perspective, même infime, de pouvoir innocenter Marc. Car il ne croit pas la thèse de Tourignon. Ce n'est peut-être qu'une impression, mais il ne peut la mettre de côté. C'est ce qu'Annie lui a appris depuis qu'ils travaillent ensemble : donner une chance à ses intuitions.

— J'ai réussi à obtenir la confiance de Marc. S'ils vérifient auprès de lui, il pourra confirmer que je suis de leur côté. C'est risqué, mais je vais le faire.

— Quand ?

— L'Américain a donné rendez-vous à Marc demain, à vingt-trois heures trente, dans le parc industriel de Miami Nord. Je passerai au poste pour la substitution des paquets à la première heure, demain matin.

— C'est une sage décision, digne d'un homme d'honneur. La nation vous en sera reconnaissante.

— Ce n'est pas de la reconnaissance que j'attends, Tourignon, c'est de la collaboration de votre part. Je sais que ce travail doit être effectué avec la plus grande discrétion, mais je ne veux plus qu'il arrive quoi que ce soit à Annie. Je veux que vous la protégiez. Ma copine a les nerfs à fleur de peau depuis sa nage forcée en pleine mer. Comprenez-la, on s'en est pris à sa vie, et personne ne veut lui dire pourquoi. Je vais devoir rester un peu avec elle, et je ne peux pas garantir que notre affaire demeurera secrète.

— Vous pouvez être assuré de ma collaboration, Steve. Prenez bien soin d'Annie et, si vous lui en parlez, ne lui dites que le minimum nécessaire, et évitez qu'elle veuille s'en mêler. Je vous attends demain matin sans faute.

Annie fait la sieste lorsque Steve revient à l'appartement. Autour d'elle sont éparpillées les notes envoyées par Michel Saint-Onge, un dossier complet sur Marc Therrien et ses relations. *Et voilà pour la discrétion*, pense Steve. Sans bruit, le policier récupère les feuilles et les range dans le haut de l'armoire. Il enfile ensuite son maillot de bain, prend sa serviette et se dirige vers la piscine. L'endroit est désert. Il se déplace à l'ombre d'un mur et observe les appartements dont les balcons donnent sur la cour intérieure. Personne. Satisfait, il se faufile vers la remise où sont installés pompes, filtres et produits d'entretien pour la piscine. La porte est verrouillée, mais Steve a prévu le coup. Il sort de son maillot une lime et une carte de crédit. En quelques secondes, la porte s'ouvre. Il observe de nouveau les alentours avant de pénétrer dans le réduit. Il y fait frais, et la forte odeur de chlore qui imprègne l'air le fait éternuer.

Au fond, plusieurs barils sont entreposés sur des palettes de bois. Steve s'arc-boute et déplace les lourds contenants avant d'atteindre celui qu'il cherche. Il enfile des gants, puis retire le couvercle. Une poche de plastique, sur le dessus, contient des granules de chlore sec. Il le retire doucement, sans respirer. Le fond du baril apparaît, ou ce qui, à première vue, peut ressembler à un fond.

127

Avec un bâton, il appuie sur le double fond du panneau qui se déplace légèrement, laissant entrevoir un sac métallisé. Avec d'immenses précautions et en retenant son souffle, Steve soulève le sac.

Une bouffée de chaleur lui monte au visage. Le paquet est là, entre ses mains. En le tâtant, Steve se rend compte que le sac argenté n'est qu'un premier emballage. À l'intérieur, le paquet semble solidement enveloppé de plusieurs couches de plastique épais. Il n'en doute plus maintenant, c'est l'anthrax. L'arme pour laquelle plusieurs personnes sont prêtes à tuer. L'arme qui aurait pu enlever la vie à des milliers de gens innocents si elle s'était rendue à destination. Prudemment, le policier remet la boîte dans le baril truqué, replace le couvercle, puis remet de l'ordre dans le réduit. Avant de sortir, il inspecte avec attention la cour intérieure. Satisfait, il retourne au condo.

Sur son balcon, cachée par un treillis couvert de lierres, madame Laflamme s'entretient avec son canari, Buzz :

— Mais qu'est-ce qu'il fait là, le jeunot ? Tu crois que c'est de lui que parlait le gentil monsieur au nom bizarre ? Tu sais, celui qui veut aider Marc. Il m'a dit que si je voyais

Marc ou ce jeune homme, je devais l'appeler. Peut-être que ça permettrait à notre concierge de revenir s'occuper de nous. Il me manque, le beau Marc. J'ai l'impression que mes biscuits ne sont plus aussi bons depuis qu'il est parti. Je vais essayer de retrouver son numéro et je vais l'appeler, le monsieur au nom bizarre. Oui, c'est ça que je vais faire.

7

Affrontements

Lorsque Steve ouvre la porte de l'appartement, Annie l'attend dans le salon, les bras croisés, une lueur glaciale dans les yeux.

— Ce n'est pas un peu long pour acheter un litre de lait et du pain ? lance-t-elle furieuse. Et je suppose que c'est une tenue normale pour aller à l'épicerie ?

Sans répondre, Steve se dirige vers la salle de bain où il se lave les mains, les avant-bras et le visage avec beaucoup d'attention. Il prend une serviette propre et s'essuie longuement, puis il l'utilise pour nettoyer le lavabo et le comptoir. Il la jette ensuite dans un sac de plastique qu'il dépose près de la porte d'entrée, sous le regard de plus en plus intrigué d'Annie.

— Excuse-moi, j'ai oublié le lait. Je savais qu'il me manquait quelque chose. Et je suis allé me baigner en arrivant. Je ne voulais pas te réveiller, tu dormais si bien.

— Ne fais pas l'innocent, Steve. Tu reviens de la piscine et tu te laves comme si tu avais plongé dans un produit toxique. Tu jettes toujours les serviettes que tu utilises? Et le dossier que tu as caché dans le placard? Tu veux m'expliquer tout ça, avant que je tire à mes propres conclusions?

Steve respire profondément puis, tout en posant un index sur ses lèvres, il chuchote:

— Laisse-moi le temps de me changer, puis nous irons marcher. Je te promets que je vais répondre à toutes tes questions.

Avant de sortir de l'appartement avec Annie, le policier emporte son téléphone cellulaire, son arme ainsi que le dossier sur Marc Therrien. La porte verrouillée à double tour et les regards suspicieux que lance Steve sur le voisinage ajoutent au mystère de la situation. La jeune femme sait pourtant que quelqu'un les menace, elle en a elle-même été la victime juste hier, mais elle n'avait pas réalisé que Steve prenait la chose au sérieux. Elle commence à observer les alentours et, sur un ton trahissant sa nervosité, elle demande:

— Mais qu'est-ce qui se passe avec toi ?

— Du calme, Annie. Fais comme si de rien n'était. Un petit sourire à nos voisins, voilà ! On est en vacances, après tout ! ajoute-t-il sur un ton enjoué qui ne trompe pas la jeune policière.

Après avoir traversé la rue, ils empruntent un sentier qui s'enfonce dans le parc aux arbres immenses. La pénombre a un effet calmant sur Annie. Elle suit Steve, qui disparaît derrière un paravent de racines émergeant du sol. De là ils ont une bonne vue sur l'entrée du *Silver Tower*, tout en étant protégés des regards curieux. Ils ne sont cachés que depuis cinq minutes lorsqu'une voiture noire aux vitres teintées se gare à quelques mètres de l'entrée. Annie demande :

— Hé ! Une Pontiac Grand Am ! On dirait la même que celle de nos cambrioleurs !

— Touché ! Attends de voir qui va en sortir !

— Comment savais-tu qu'ils reviendraient ?

— Je l'ignore. Mon sixième sens, peut-être.

— Depuis quand as-tu ce sixième sens ? Non, je devrais plutôt demander depuis quand l'écoutes-tu ?

— Je suis allé à la piscine tout à l'heure. Quelqu'un m'aura vu, malgré les précautions que j'ai prises.

— Tout résident des condos a le droit de fréquenter la piscine. Je ne comprends pas…

— La piscine, oui, mais pas le local d'entretien, ça non !

— Qu'est-ce que tu faisais là ?

— Attends ! J'appelle Tourignon et je lui dis de s'amener au plus vite.

Pendant que Steve compose le numéro de l'inspecteur et lui explique la situation en quelques mots, un homme à la peau sombre sort de la voiture, du côté passager. Après avoir examiné les deux côtés de la rue, il se dirige vers la clôture d'entrée et y sonne. Quelques secondes plus tard, la porte s'ouvre.

— Voilà ! s'exclame le policier, c'est bien ce que je pensais. Ils ont un complice à l'intérieur.

— Bon, maintenant, Steve Garneau, tu m'expliques tout. Et ne me prends pas pour une nouille, je sais quand tu mens. Tout ça a rapport avec Marc, je n'en doute pas une minute, mais toi, à quoi tu joues ?

— D'après Tourignon, Marc Therrien ferait partie d'un groupe terroriste. Il a caché une boîte dans le local d'entretien de la piscine. Je viens d'aller vérifier : elle est bien là.

— Et qu'est-ce que cette boîte contient ?

— Quelque chose de pas très joli, je t'assure. Du *Bacillus anthracis*, le bacille responsable de la maladie du charbon. De quoi tuer beaucoup, beaucoup de pauvres innocents.

Annie le regarde, médusée. Puis elle éclate :

— QUOI ? Qu'est-ce que tu manigances, Steve Garneau ? Cette… horreur se trouve ici, dans le condo de tes parents ? À portée de main de n'importe qui ? Es-tu devenu fou ou quoi ?

Tout en jetant un coup d'œil alarmé autour de lui, Steve lui demande de baisser le ton.

— Écoute, Annie. Compte-toi chanceuse que je t'en parle, parce que, si ce n'était que de Tourignon, tu n'aurais jamais su le fin mot de l'histoire. Je travaille temporairement pour lui afin de mettre à jour un réseau de terroristes. Je dois aller porter ce paquet, dont on aura substitué le contenu, à un gars qui se fait appeler « l'Américain ». C'est tout ce que j'ai à faire.

— Rien que ça ! Wow, c'est super, comme programme de vacances. L'Américain, c'est

 135

celui qui a tenté de me transformer en pâtée à requin ?

— J'aime assez l'expression, mais je ne crois pas. On dirait qu'il y a un deuxième groupe, qui nous en veut, ou qui en veut à Marc et à ses amis, ce qui revient au même. Des gens au teint foncé, qui parlent une autre langue. Des Arabes ou des Hindous peut-être.

— Et si je comprends bien, ton petit copain arabe ou autre qui vient d'entrer est probablement en train de fouiller notre appartement pour y trouver le paquet. Tu sais quoi, j'y vais tout de suite. Pas question que je le laisse de nouveau entrer chez moi !

— Non, tous les deux, nous restons ici. Si les renforts n'arrivent pas avant que le gars sorte, j'agirai.

— Tu as ton arme, sers-t'en pour une fois, s'impatiente la jeune policière.

— Annie, crois-moi, le paquet est en sécurité là où il est. Si j'interviens tout de suite, cet homme risque de prendre un résident en otage. Je dois rester discret si je veux accomplir le reste de la mission.

— Ah ! et puis, fais donc ce que tu veux, c'est « ta » mission, après tout, conclut-elle d'un ton acide.

Steve la regarde, incrédule. Jamais il ne se serait attendu à ce qu'elle abdique aussi facilement. Pas Annie Jobin, l'intrépide et fougueuse Annie. C'est tout le contraire de son comportement habituel : agir, puis réfléchir ensuite. Il secoue la tête et reporte son attention sur la rue au moment où trois voitures banalisées se garent de manière à immobiliser la Grand Am. Aussitôt, une dizaine de policiers en civil entourent le véhicule et intiment l'ordre au conducteur de sortir. Après quelques secondes d'incertitude, l'homme ouvre la portière et lève les mains en l'air. Il sort lentement, mais, au moment où un policier veut le forcer à se mettre à genoux, il résiste, prend quelque chose dans sa main, l'embrasse et commence à courir dans la rue. Malgré les avertissements lancés par les agents, il refuse d'arrêter. Un coup de feu, suivi d'un deuxième. L'homme s'affale sur le sol, les bras en croix. Un policier se précipite vers lui, son arme pointée, et le fait prudemment rouler avec son pied. Puis il se tourne vers ses collègues en secouant la tête. Le fugitif n'aura pas fait cent mètres.

— Ah ! mon Dieu ! s'exclame Annie. Pourquoi ont-ils fait ça ? Ils auraient pu le poursuivre au lieu de tirer dessus.

— Cet homme savait ce qu'il faisait et avait prévu les conséquences de son geste. N'as-tu pas remarqué qu'il a embrassé quelque chose avant de fuir ? Une médaille ou une croix. Il était conscient qu'il allait mourir.

— Un kamikaze ! Je ne les comprends pas, ceux-là. Et qu'arrive-t-il avec son complice ? Il faut avertir les policiers.

Annie sort résolument du couvert des arbres et commence à traverser la rue. Steve la rattrape et la ramène fermement dans le parc.

— Non ! Si on se fait voir avec les policiers, ma couverture est foutue. Laissons-les faire. Tourignon est avec eux, et ils connaissent leur métier.

Pendant qu'Annie fulmine dans son coin, Steve téléphone à Tourignon, qui prend un long moment avant de répondre. Lorsqu'il décroche, le ton est sec et légèrement essoufflé.

— Inspecteur, c'est Garneau.

— Où êtes-vous ?

— Dans le parc, en face du condo.

— Je vous rejoins. Annie est avec vous ?

— Oui et j'ai dû lui raconter plusieurs de nos petits secrets.

Steve entend Tourignon grogner avant qu'il ne raccroche. Quelques minutes plus tard, l'inspecteur retrouve le couple à l'ombre des banians. Steve demande immédiatement :

— Avez-vous attrapé l'homme qui est entré dans le *Silver Tower* ?

— Malheureusement, non, il a filé. Il a eu le temps de fouiller le local de la piscine.

— C'est pas vrai ! grimace Steve. Et le paquet ?

— Il a vidé tous les contenants de chlore, mais il n'a pas remarqué le double fond. Nous avons été très chanceux.

— Dieu merci ! soupire le Québécois en sentant un poids immense se retirer de ses épaules.

— Je viens de discuter avec la personne qui l'a fait entrer dans le complexe d'appartements, une dame qui s'appelle Clémence Laflamme, continue Tourignon. Elle a dit que cet homme lui avait promis d'aider Marc.

— S'appellerait-il… attendez que je vérifie… Sharihakim ? prononce lentement Steve après avoir tiré de sa poche le papier sur lequel le locateur du *Silver Tower* a noté le nom de l'étranger.

— C'est possible.

— Il serait venu dans l'appartement de Marc, le lendemain de la fouille, avec un autre type, peut-être celui qui est couché au milieu de la rue. Ils ont prononcé un mot qui ressemblait à *oulba*. Avez-vous une idée de sa signification ?

— Je sais qu'il y a une ville industrielle qui porte ce nom, au Kazakhstan.

— Le Kazakhstan, ce n'est pas un pays où ils entraînent des terroristes ?

— Ne généralisons pas, s'il vous plaît. Ce n'est pas parce que ces hommes sont Arabes ou musulmans, ou encore parce qu'ils ont un teint foncé, qu'ils sont nécessairement des terroristes. Il y autant de bonnes gens là-bas qu'ici.

— Et probablement autant de mauvais, ajoute Annie, dont le capital de sympathie pour les immigrants a diminué depuis ses mésaventures en *parasailing*.

— Si nous réussissons à identifier notre kamikaze, nous pourrons peut-être enfin comprendre quel est ce complot dans lequel vous êtes impliqués. En passant, j'ai suggéré à madame Laflamme de devancer son retour au Québec, elle y sera en sécurité.

— Nous irons aussi coucher ailleurs, ce soir. Ce sera plus sûr.

Une heure après l'intervention des policiers au *Silver Tower*, les deux Québécois s'installent dans un petit motel au bord de la plage, près du poste de police. Annie n'a pas ouvert la bouche depuis leur rencontre avec Tourignon. Steve a bien essayé de meubler le silence avec quelques commentaires sur la beauté du site, la proximité de l'océan et d'un petit restaurant de fruits de mer, mais la jeune femme fait toujours la tête à son compagnon. À l'heure de sortir pour aller souper, Annie s'assoit sur une chaise longue, le regard perdu sur la mer étale, où s'éteignent doucement les lueurs du couchant. Sa voix, éraillée d'avoir été contenue durant un long moment, s'élève pour annoncer le début des hostilités :

— Pourquoi ai-je l'impression d'être la seule à ne pas savoir ce qui se passe autour de moi ?

— Tourignon m'a demandé de ne pas t'en parler, explique le jeune homme avec retenue.

— Et tu as accepté ? Je croyais que nous étions partenaires. À moins que tu ne me considères pas assez bonne pour toi ? Steve,

141

mon défaut, je le connais : je suis impulsive. Tu as eu peur que je mette ta mission en péril. Mais ce n'est pas ce qui est arrivé. Et ton silence a failli me coûter la vie. Alors on est quittes. Si j'avais su que tu enquêtais sur des terroristes, j'aurais pris mes précautions. J'aurais surveillé mes arrières, puisque, toi, tu ne le fais pas.

— Il n'y en a plus pour longtemps. Demain soir, ce sera fini, et nous pourrons reprendre nos vacances là où nous les avons interrompues. Je te propose d'aller ailleurs, si tu préfères, à Orlando ou à Myrtle Beach. On pourrait aussi partir en croisière…

— N'essaie pas de m'amadouer en me parlant de vacances. Ce que je veux, Steve, c'est que tu m'expliques ce qui se passe, que tu ne me laisses pas dans l'ignorance. Cette histoire d'anthrax me fait vraiment peur. Quand je pense que tu as touché à cette chose, ça me met dans tous mes états.

— Selon Tourignon, il n'y a pas de danger. La boîte était bien scellée.

— Pas de danger ? ricane amèrement Annie. À voir la manière avec laquelle tu t'es lavé après y avoir touché, tu as confiance en Tourignon autant que moi… Au cas où ce cher inspecteur ne te l'aurait pas dit, l'anthrax est une bactérie mortelle, et la boîte a beau être scellée, il peut y en avoir sur l'emballage. Cette bactérie produit des spores qui peuvent vivre presque éternellement dans le sol. Alors, imagine, sur tes mains, sur ton visage, dans tes poumons… Je ne veux même pas y penser !

— Je crois que tu réagis de façon exagérée, Annie. Calme-toi. Je ne suis pas en danger, l'assure Steve en la prenant doucement dans ses bras.

Il se demande ce qui peut la faire trembler à ce point. Peut-être est-ce le contrecoup de sa nage forcée, ou bien la portée des révélations qu'il lui a faites ? Pourtant, Annie a rarement démontré une aussi grande émotivité depuis qu'il la connaît. Longtemps il la berce pour la calmer. L'épuisement a finalement raison des angoisses de la jeune femme, qui s'endort d'un sommeil agité. Steve observe son visage se crisper sous l'effet d'un rêve qui ne semble pas heureux.

La petite Annie est couchée au deuxième étage d'un lit superposé. La pluie tombe, presque en musique, sur la toiture de tôle ondulée, masquant la respiration des autres occupants de la chambre. Le sommeil semble l'avoir quittée à tout jamais, emporté par une sinistre certitude qui a pris toute la place : ils vont tous mourir, son frère, ses sœurs, ses parents. Elle aussi, peut-être, si la mort décide de la prendre. Elle ramène ses jambes contre elle, calme sa respiration et se concentre sur la voix de Bernard Derome, qui présente les nouvelles télévisées de vingt-deux heures :

« L'épidémie de grippe porcine vient de faire de nouvelles victimes. Plusieurs membres de la Légion américaine, de retour d'un congrès à Philadelphie, ont contracté le virus et sont à l'heure actuelle traités pour des pneumonies. Leur état est stable, mais le CDC enquête pour découvrir le foyer d'infection. Au moins deux cents personnes ayant participé au même congrès seront mises sous observation. La vaccination suit son cours dans tous les États américains. À Ottawa, le ministre de la Santé étudie la possibilité de recourir à la vaccination des Canadiens si l'épidémie vient à prendre de l'ampleur. »

La petite Annie sursaute. Elle a dû s'endormir. Elle prend un moment avant de comprendre que ce qui l'a réveillée n'est pas le bruit de la pluie qui cingle sur le toit de tôle, mais le son de la télévision laissée allumée par ses parents. Elle se lève tout doucement pour ne pas déranger les autres dormeurs et pousse la porte. Une lueur blafarde éclaire le salon. En quelques pas, elle atteint le téléviseur, qui chuinte dans le silence. Elle met le doigt sur l'interrupteur, mais, à sa grande surprise, la lumière ne s'éteint pas. Au contraire, elle devient plus crue, et la gamine a peine à reconnaître la pièce dans laquelle elle se trouve, blanche et si profonde qu'elle n'en voit pas l'extrémité. Le carrelage blanc et gris est encombré par des lits en acier inoxydable et de guéridons sur lesquels sont rangés des instruments métalliques. L'endroit empeste le désinfectant, et une autre odeur que la fillette ne parvient pas à identifier.

Lorsqu'elle se retourne, la télévision et la porte de sa chambre ont disparu, remplacées par un mur de tiroirs en inox. Des formes sont allongées sur les lits, et, sans vraiment savoir pourquoi, elle retire le drap qui recouvre l'une d'elles. Elle aperçoit d'abord des pattes fines, avec des sabots au bout. Le reste du corps est humain. Sauf le visage, qui est plutôt porcin, mais qui ressemble tout de même à celui de sa mère. Sans comprendre, elle retire brusquement tous les draps autour d'elle et elle reconnaît son père, son frère, ses sœurs… Ils ont tous, au bout d'un de leurs sabots, une étiquette indiquant leur nom et la cause de leur mort : grippe porcine.

Elle réalise alors qu'elle est la seule personne encore vivante dans cette morgue. Elle tombe à genoux et, la vue embrouillée par des larmes de terreur, elle remarque que ses pieds nus se sont affinés, et qu'un ongle unique en recouvre les extrémités. L'acier de la table lui renvoie l'image d'un visage déformé avec un nez énorme et plat, et deux petits yeux rapprochés qui la fixent. Elle se met alors à hurler.

— Ça va, Annie, tout doux, ce n'est rien.

Steve se dégage lentement de sa compagne, qui, trempée de sueur, cherche son air. Il lui apporte un verre d'eau, qu'elle boit lentement en reprenant ses esprits. Puis elle lui raconte l'angoissant cauchemar qu'elle vient de faire. Angoissant certes, mais surtout intriguant.

— C'est très étrange, car c'était moi qui étais là avec mes parents, mais en même temps, ce n'était pas moi. Je n'ai ni frère ni sœurs et je n'ai jamais vécu moi-même cette situation. Ça s'est passé bien avant ma naissance. C'est comme si je m'étais approprié les souvenirs de ma mère. Je me rappelle qu'elle m'avait raconté cet épisode troublant de sa vie, alors qu'elle avait onze ou douze ans, et qu'elle entendait tous les soirs, aux nouvelles, qu'une épidémie de grippe porcine menaçait le monde. Ils la comparaient à la grippe espagnole qui avait fait quelque vingt millions de morts, après la Première Guerre mondiale. Durant de longs mois, ma mère a eu terriblement peur que toute sa famille ne meure. Elle n'a jamais parlé de ses craintes à ses parents. Elle a su beaucoup plus tard qu'il n'y avait eu qu'un seul décès dû à cette grippe, mais que le gouvernement américain avait mené une campagne de terreur pour faire vacciner toute la population des États-Unis.

— Je crois, conclut Steve, qu'elle t'a raconté ce souvenir pour te montrer qu'une crainte peut devenir une obsession quand on la garde pour soi. Si ta mère avait parlé à ses parents à ce moment-là, ils l'auraient rassurée, lui auraient dit que, si l'épidémie se répandait au Canada, ils se feraient tout simplement vacciner. Les médias vendent leurs salades en misant sur le sensationnalisme, que ce soit basé ou non sur la vérité. C'est un peu la même chose pour l'anthrax et toutes les armes biologiques ou chimiques. Les terroristes fondent leur succès sur la terreur, rarement sur le danger réel que représente l'arme. Lorsqu'il y a eu des lettres contaminées envoyées par la poste, en 2001, il a été plus coûteux de gérer la panique suscitée par l'événement que de procéder à la décontamination. Et malgré ces efforts, bien des gens sont encore nerveux lorsqu'ils ouvrent une enveloppe ou une boîte d'origine douteuse. C'est exactement ce que recherchent les terroristes.

— Tu as touché à une boîte contenant de l'anthrax, une bactérie mortelle ! Comment peux-tu être aussi calme ?

— Je ne suis pas calme, au contraire. Mais je me dis que paniquer est la dernière chose à faire. J'ai une mission à accomplir et je vais faire de mon mieux pour y arriver.

— Et si la boîte s'était ouverte ? Si de la poudre s'était répandue dans le condo de tes parents, et que tu te sois contaminé, ou moi, ou un résident de l'immeuble ? Tu accepterais d'avoir ce poids sur la conscience ? Toi qui me trouves téméraire et imprudente, j'ai au moins l'impression de faire face à mes ennemis, d'apprendre à les connaître et de les jauger avant de me lancer à leurs trousses. Je mise peut-être trop souvent sur ma chance, mais je ne prendrais pas de risques avec un tueur silencieux. Je ne comprends pas qu'Interpol t'ait demandé cela. On n'est même pas sur notre territoire…

— Le terrorisme n'a pas de frontières, Annie. Et c'est un Québécois qui est soupçonné de faire partie de ce réseau. Nous sommes les derniers à l'avoir vu et à nous être liés d'amitié avec lui. Marc me fait confiance et il ne sait pas que nous sommes policiers. Alors, si je peux aider Tourignon, Interpol et les États-Unis, c'est mon devoir de le faire. Le patron est d'accord, il nous a même accordé deux semaines de «vacances» de plus.

— Et moi là-dedans, qu'est-ce que je fais? Tu m'avoues que Tourignon me laisse volontairement dans l'ignorance, et, maintenant que je t'ai tiré les vers du nez, je suis censée ne rien faire. Non mais, est-ce qu'il croit vraiment que je vais t'attendre gentiment, sans poser de questions, et surtout sans m'inquiéter? À faire des mots croisés ou à regarder les *talk-shows* américains? Steve, j'ai vraiment l'impression d'être le dindon de la farce dans cette histoire, ajoute-t-elle en se levant brusquement afin d'aller s'habiller pour le souper.

La sonnerie du portable de Steve retentit et l'empêche de répliquer. Il grimace un sourire d'excuses avant de répondre :

— Steve Garneau à l'appareil.

— Ici la réceptionniste du poste de police de Miami. Vous venez de recevoir un drôle de paquet de l'aéroport. J'aimerais que vous veniez le chercher le plus rapidement possible. C'est plutôt… encombrant.

Steve raccroche, interloqué, et demande à Annie :

— Ça te dérange si on fait un petit saut au poste avant le repas ?

Lorsqu'ils franchissent les portes vitrées et grillagées, les deux Québécois sont surpris par l'effervescence qui règne dans le poste de police de Miami. Un concert d'aboiements féroces provoque des éclats de rire parmi les agents attroupés. Steve regarde Annie avec étonnement puis s'avance. Il écarte deux policiers et, sans se préoccuper de leurs avertissements, se penche et ouvre la porte d'une large cage de métal. Un puissant berger allemand en jaillit et s'élance sur Steve. Ce dernier, déséquilibré, se raccroche de justesse à un bureau. Quelques policiers ont dégainé leur pistolet et observent, avec un mélange de stupeur et de crainte, la scène qui se déroule devant leurs yeux. Le chien lèche avec application le visage de Steve et gémit sous les caresses.

— Bon chien, Donut ! Mais qu'est-ce que tu fais ici, grosse bête ?

Annie s'est approchée et elle a aussi droit à sa dose d'affectueux coups de langue pendant que Steve explique aux policiers attroupés :

— Je suis maître-chien, à Sherbrooke, et voici Donut, mon coéquipier. Je ne comprends pas pourquoi on me l'a envoyé ici...

L'inspecteur Tourignon, qui observe la scène en souriant, lui demande de passer à son bureau. Annie veut les suivre, mais Donut montre alors des signes de nervosité. Elle comprend qu'il s'est retenu depuis assez longtemps pour mériter une marche au grand air.

— On m'a bien vanté votre duo lorsque j'ai discuté avec votre patron, déclare l'inspecteur en refermant la porte. J'ai pensé que

votre chien pourrait vous être utile et éveil-
lerait moins de soupçons que si un de mes
agents ou… Annie vous accompagnait.

Steve acquiesce, mais ignore s'il doit se
montrer reconnaissant ou être déçu pour
Annie. Il espère seulement qu'elle acceptera
la situation avec bonne volonté. Peut-être la
présence du chien permettra-t-elle d'atténuer
la tension qui règne dans leur couple ?

— Toujours confiant pour demain ?
reprend le Français en montrant plus d'enthousiasme qu'il n'en éprouve vraiment.

— Ce serait vous mentir, Tourignon. Mais
je vais faire mon devoir, en espérant que vous
ne serez pas trop loin au cas où les choses se
gâteraient…

— Allons, ne vous faites pas de bile. Nous
posterons des hommes aux endroits stratégiques, et vous aurez un microphone dissimulé sur vous. Si vous voyez que ça ne se
passe pas comme prévu, retirez-vous, et nous
prendrons la relève.

— Vous pensez que je pourrais bousiller
votre enquête ?

— Je n'ai rien insinué de tel, Garneau,
et je n'ai pas choisi n'importe qui, d'ailleurs.
Cet échange est une des étapes les plus impor-

tantes de cette enquête, et nous avons eu beaucoup de chance de vous rencontrer.

— Ne vous en faites pas, Tourignon, je
n'ai pas l'habitude d'abandonner. Merci
encore pour mon chien. Je souhaite seulement
qu'il ne lui arrive rien, conclut gravement
Steve en sortant du bureau.

Annie semble avoir accepté un peu trop
facilement le fait que Donut la remplace aux
côtés de Steve. Elle ne parle plus de ce qu'elle
considérait, quelques heures plus tôt, comme
insensé et hasardeux. Étendue sur le divan,
elle caresse la tête du chien pendant que
son partenaire analyse le dossier sur Marc
Therrien. À tout moment, Steve lui demande
son opinion ou lui pose une question, curieux
de vérifier si la jeune policière ne cache pas
dans ce soudain désintéressement une volonté
d'agir seule.

— Te rends-tu compte que Marc Therrien
n'existe que depuis deux ans ? constate Steve.
Avant ça, il n'était personne. Pas de dossier
médical, pas de dossier fiscal, pas de permis
de conduire non plus.

— J'imagine que c'est possible. Quelqu'un en très bonne santé qui est demeuré longtemps chez ses parents sans travailler ni avoir besoin de conduire. Aujourd'hui, les jeunes partent de plus en plus tard de la maison. As-tu vérifié s'il a fait des études?

— Ça ne figure pas dans le dossier, mais, avec l'emploi qu'il occupe, ça serait surprenant, bien qu'il puisse être un concierge instruit. Ça s'est déjà vu. On ne sait rien sur ses parents, dit encore Steve, sauf qu'il a un oncle retraité qui a emménagé avec lui, dans son appartement du quartier Rosemont, à Montréal. Ils y habitent six mois par année, entre mai et octobre. Durant cette période, Marc fait divers petits boulots comme concierge dans des maisons pour personnes âgées autonomes. L'hiver, il part pour la Floride, où il exerce le même type d'emploi au *Silver Tower*. Là encore, il demeure avec son oncle. Jusque-là, aucun problème. Pas de dossier criminel, il est décrit par son entourage comme un jeune homme poli, travaillant et très apprécié par les aînés. Ce qui ne colle pas, c'est l'absence de passé.

— Comme je te dis, c'est possible. Qui est cet oncle?

— Rodolphe Therrien. Il apparaît dans le décor de la même façon que son neveu. Et pas plus de passé que Marc. Ça, tu avoueras que c'est difficile à expliquer, non ?

— En effet. Un changement de nom ? suggère Annie.

— Michel a vérifié à la direction de l'État civil. Il n'existe aucune demande de changement de nom, ni pour l'un ni pour l'autre.

— Tu as vu Marc, récemment. Quelque chose t'a frappé, chez lui ?

— Il m'a raconté qu'il avait des dettes de jeu, que ses créanciers étaient à deux doigts de l'envoyer au cimetière mais, à part ça, rien. J'ai dû insister pour qu'il me confie l'histoire de sa livraison. Il ne voulait pas me causer de problèmes. Je sais que ce n'est pas logique pour un enquêteur de penser comme ça, reste que j'ai de la difficulté à l'imaginer en train de poser une bombe ou de prendre quelqu'un en otage. Il ne rentre pas dans le moule. Il avait plutôt l'air d'un bon gars, mal pris, qui cherche à s'en sortir.

— Mais il avait entre les mains un paquet contenant assez de ce bacille du charbon pour rendre malade une bonne partie de la population.

— Je ne crois pas qu'il ait su ce qu'il transportait.

— Voyons Steve ! L'homme à qui il devait remettre la marchandise est mort. Et tu me dis qu'il doit consulter un journal et décoder une annonce pour savoir où livrer sa marchandise. Et tu crois qu'il ne s'est pas posé de questions ? Réveille-toi, tu es prêt à lui accorder le bon Dieu sans confession. Quand Tourignon doit-il lui mettre la main au collet ?

— Lorsque je lui rapporterai l'argent de l'échange, après-demain. Les hommes de Tourignon le surveillent, mais il n'est pas encore sorti de sa chambre de motel. Je crois qu'il a vraiment peur de faire face à ses créanciers.

— Méfie-toi, Steve, conclut Annie avant d'aller se coucher. Les loups portent parfois des pulls de laine…

— Et c'est censé signifier quoi, ce proverbe de ton cru ?

— Que Marc veut te berner et qu'il y réussit, ma foi, très bien.

8

L'anthrax frappe encore

À six heures trente du matin, Donut gémit d'impatience au bord de la porte. Steve, qui a mis plusieurs heures à s'endormir, tourmenté par son affectation, cale sa tête sous l'oreiller et fait semblant de ne pas l'entendre. Annie se lève en soupirant, s'habille et sort de la chambre en tenant Donut en laisse. Elle a emporté un peu d'argent pour acheter des croquettes pour le chien, et quelques croissants pour eux.

Le soleil est encore bas sur l'horizon, et la jeune femme marche lentement dans la rue calme et tiède. Les nombreux arbres en fleurs embaument l'air, qui n'a pas encore été vicié par les gaz d'échappement des voitures. Elle repense à sa conversation avec Steve, à son appréhension relativement à cette enquête et aux cachotteries de son partenaire. Elle en a rêvé cette nuit, et tous les scénarios possibles et impossibles lui sont apparus comme sur un écran de cinéma. À travers les jeux de son inconscient, elle cherche à mettre le doigt sur ce qui ne va pas : pourquoi oppose-t-elle autant de réserve à cette enquête, alors qu'elle est habituellement si téméraire ? Et pourquoi n'en veut-elle pas à Steve et au détective français de ne pas l'avoir intégrée à leurs plans, de l'avoir remplacée par un chien ? Serait-elle en train de devenir comme certains de ses collègues qui préfèrent leurs pantoufles à une poursuite dans les rues de la ville, qui remplissent des rapports plutôt que d'accumuler des indices, qui attendent de trouver le prochain cadavre au lieu de chercher à coincer le meurtrier avant qu'il ne tue de nouveau ? À cette pensée, un profond dégoût la saisit. Non, elle n'en est pas là, pas encore. Et de tout son cœur, elle espère que jamais elle ne deviendra comme eux. Elle a vingt et un ans, elle est détective et elle aime son travail. Mais alors pourquoi cette capitulation qui ne lui ressemble pas ?

Donut ignore tout des préoccupations de sa maîtresse. Il explore chaque borne-fontaine et tous les troncs rugueux des palmiers qu'il rencontre à la recherche de nouvelles odeurs. Soudain, un peu avant d'arriver au coin d'une rue, Donut s'immobilise et se met à grogner. Annie tente de le calmer, ne sachant pas si elle doit rire ou se préoccuper de cette brusque manifestation d'inquiétude. Elle se penche pour caresser le berger allemand tout en observant les alentours. La rue est vide, à part quelques voitures garées ici et là. Le chien se dégage d'Annie et avance, le corps ramassé, prêt à bondir, les crocs à découvert. Tout à coup, une portière de voiture s'ouvre, et deux hommes en surgissent avec des gourdins. Touché à la tête, Donut s'affaisse en gémissant pendant qu'Annie est poussée sans ménagement sur la banquette arrière. La voiture démarre en trombe, abandonnant sur le trottoir un chien à moitié assommé, les lunettes de soleil de la vacancière et un morceau de papier, enroulé autour d'une pierre.

L'éclat de la sonnerie du téléphone sort Steve de sa torpeur. Il prend quelques instants pour se rappeler où il se trouve, tâte le côté du lit où était couchée Annie, puis décroche le combiné et prononce d'une voix rauque de sommeil :

— Steve Garneau.

— Je vous dérange ? rigole le Français en s'identifiant. J'ai pensé que dix heures, c'est une belle heure pour réveiller des touristes. La poudre a été analysée, et c'est bien notre bestiole. Très pure et assez concentrée pour faire beaucoup de dommages. Belle prise, Steve. J'aimerais maintenant que vous me rendiez un petit service. D'après mes agents chargés de le surveiller, Marc Therrien commencerait à manifester une certaine nervosité. Vous ne pourriez pas lui rendre visite, question de lui dire que vous rencontrerez son homme ce soir, et qu'il n'a pas à s'inquiéter ? J'ai peur qu'il sente la soupe chaude et qu'il s'enfuie. Bien sûr, avec le localisateur que vous avez installé sur la carrosserie de sa voiture, mes gens vont pouvoir le suivre, mais, s'il lui vient à l'idée d'avertir ses contacts, toute l'enquête tombe à l'eau.

Steve grommelle un « oui » tout en cherchant Annie du regard. Il remarque que Donut est également absent, et cela le rassure. La jeune femme est en bonne compagnie. Il raccroche après avoir confirmé à Tourignon qu'il ira faire un tour en après-midi.

Un grattement contre la porte et un aboiement étouffé lui redonnent le sourire. *Annie a dû aller acheter des provisions pour le déjeuner,* pense-t-il, espérant que sa marche a également chassé les contrariétés des derniers jours. Il enfile un bermuda et ouvre la porte.

— Bon matin, ma belle...

Son accueil se fige sur ses lèvres. Donut s'introduit dans la chambre en boitant, la fourrure de sa tête maculée de sang. La langue pendante, la truffe sèche, il implore son maître, qui lui verse immédiatement un grand bol d'eau tiède. Steve inspecte les blessures du chien, qui boit goulûment. Elles sont heureusement superficielles, mais, à voir l'état déplorable de ses coussinets, l'animal semble avoir marché un bon moment sur l'asphalte brûlant. Steve enfile une chemise et ses baskets, puis se précipite dehors. Il appelle longuement Annie sans entendre autre chose que les bruits de la circulation.

Des points noirs s'allument dans son champ de vision. Où est-elle ? Pourquoi Donut est-il revenu seul ? Puis, comme d'habitude, Steve se demande dans quelle situation impossible Annie s'est encore retrouvée.

— Tu te reposeras plus tard, Donut. Cherche Annie, cherche !

Le chien se lève, réprime un gémissement, puis se secoue. Le temps que Steve lui enfile sa laisse, une lueur déterminée s'est allumée dans son regard. La truffe au sol, le berger allemand renoue d'instinct avec son métier de chien pisteur. Dehors, le pavé défile à toute allure sous ses pattes. L'odeur de sa maîtresse est encore présente sous les effluves sur-chauffés de pétrole, de caoutchouc et de pous-sières. Inquiet, Steve suit derrière, se posant mille fois la même question : *Annie, Annie, dans quel pétrin es-tu encore tombée ?*

Soudain, au coin d'une rue, Donut stoppe net et pousse un jappement surexcité. Il avance son museau vers le caniveau et renifle un objet que Steve s'empresse de prendre. Une paire de lunettes de soleil. Le maître-chien la présente à son animal, qui manifeste sa réponse par un battement de queue accentué. Sans aucun doute, Donut a reconnu les lunettes d'Annie et le lieu de l'agression. Steve découvre aussi du sang séché. *Est-ce celui d'Annie ?* se demande-t-il avec un ser-rement au cœur. Puis il remarque, coincé entre la jante d'une roue et la bordure du trottoir, un morceau de papier blanc retenu par une pierre. Il s'en empare et découvre avec stupéfaction qu'il s'agit d'un message rédigé à la main, de la même écriture qu'il a fait analyser quelques jours plus tôt, sur le billet confié par le jeune garçon de la plage. Cette fois, le message est lourd de conséquences : « Vous êtes responsables de la mort de notre frère. Maintenant, nous avons la jeune femme. Sa vie vaut-elle plus que celle de notre frère ? Ne faites rien qui pourrait nous nuire. Une seule erreur et elle paiera… »

Miami Sun,
édition du mardi 3 mai 2005

LE CONTENEUR DE LA MORT FAIT SA
VINGT ET UNIÈME VICTIME

« Un courtier des douanes américaines affecté au port maritime de Miami, Derek White, est décédé hier soir après une maladie aussi soudaine que foudroyante. On se souviendra que, le 25 avril dernier, l'homme, qui était chargé d'inspecter les conteneurs arrivant au port, avait découvert vingt cadavres dans l'un d'eux. Le Centre de prévention et de contrôle des maladies (CDC)

avait alors établi un périmètre de sécurité et procédé à une décontamination massive. Il semblerait que, malgré toutes les précautions, ce qui a tué les vingt réfugiés a aussi eu raison du douanier. L'attaché de presse de la directrice du CDC s'est fait rassurant, alléguant qu'aucun autre individu n'a été en contact avec la source de contamination, et que l'agence a la situation en main. Cependant, aucune indication formelle quant à la nature de l'infection n'a pu être obtenue des autorités médicales. De même, le représentant a été très vague lorsqu'on lui a demandé si la possibilité d'une attaque terroriste avait été envisagée. Reste qu'il n'a pas nié une telle éventualité. Devons-nous nous attendre à une crise de l'ampleur de celle des Postes, ayant eu lieu en 2001, à la suite des attentats terroristes du 11 septembre ? »

La veille, au Jackson Memorial de Miami, l'infectiologue avait confirmé à Derek White que la quarantaine se terminerait bientôt. Ce dernier allait cependant devoir poursuivre le traitement aux antibiotiques encore une cinquantaine de jours, mais tout risque d'attraper la terrible infection pulmonaire à l'anthrax, celle qui avait coûté la vie aux vingt immigrants illégaux, semblait écarté.

Puis, comme une vague déferlante, les premiers symptômes étaient apparus. L'agent des douanes portuaires, le souffle court, n'avait eu que le temps de mentionner à son infirmière une sensation d'oppression au niveau de la poitrine que déjà la toux l'empêchait de parler. En quelques heures, la fièvre avait monté, et le râle qui sortait de sa gorge laissait présumer une sévère attaque pulmonaire. La radiographie de ses poumons montrait d'ailleurs une inflammation importante du médiastin, l'espace interpulmonaire, symptôme typique de la deuxième phase de la maladie. Dans la chambre d'isolement, au troisième étage de l'hôpital universitaire, Derek White, âgé de vingt-cinq ans, luttait, entre la vie et la mort.

Le patient se trouvait sous assistance respiratoire et cardiaque, et une perfusion instillait goutte à goutte un puissant cocktail d'antibiotiques et d'antitoxines qui aurait dû contrer l'infection. Vers quinze heures, son état s'était suffisamment stabilisé pour que les médecins pensent avoir gagné la bataille.

Puis, vers dix-neuf heures, madame White avait été appelée au chevet du mourant. De l'autre côté de la bulle de plastique qui garantissait un isolement strict, la jeune mère de deux enfants tenait la main brûlante de son mari inconscient. Les médecins ne pouvaient lui expliquer pourquoi, alors qu'ils prévoyaient donner son congé à Derek, ils avaient perdu la partie en quelques malheureuses heures. L'antibiothérapie avait pourtant commencé bien avant l'apparition des symptômes, ce qui aurait dû protéger le jeune homme. Or, ils assistaient, impuissants, à l'agonie de leur patient luttant contre un ennemi insidieux qui se battait avec des armes qu'ils avaient de toute évidence sous-estimées.

Jodie Martins, la directrice du CDC, n'y comprenait rien, elle non plus. Le front appuyé contre la vitre séparant la salle d'isolement du corridor des soins intensifs, dans le département d'infectiologie, elle regardait avec émotion les employés de la CDC, dans leur uniforme de protection maximale, refermer le sac mortuaire contenant les restes de Derek White, le premier Américain décédé dans ce nouvel incident bactériologique.

Malgré sa formation d'infectiologue, qui l'avait habituée à prévoir le pire des scénarios, elle craignait maintenant l'émergence d'une nouvelle forme d'infection à l'anthrax. Une forme qui ne répondrait pas aux trois derniers antibiotiques encore efficaces. Si le bacille de l'anthrax avait muté, cela signifiait peut-être que le vaccin qu'ils avaient synthétisé et stocké en assez grande quantité pour immuniser toute la population des États-Unis, dans l'éventualité d'une guerre bactériologique, ne valait plus rien.

Mariam Singer regarde le téléphone comme si une bombe venait de sauter. La grande patronne du CDC vient de l'appeler en personne. La nouvelle de la mort du douanier a pris tout le monde par surprise, et elle veut rester sur place pour diriger les analyses sur la virulence de cette nouvelle souche du bacille. Et cette grande dame veut que Mariam la remplace à la conférence spéciale sur le bioterrorisme qui se tiendra à Atlanta, en Géorgie, le samedi suivant. Elle devra y faire une présentation d'une trentaine de minutes, a précisé Martins, sur la souche du bacille du charbon, celle qui est responsable des vingt et une victimes du conteneur haïtien. Mariam a accepté… Comment faire autrement ? Jodie Martins n'est pas une personne à qui on dit non. Elle lui a expliqué que la conférence regroupera particulièrement des agents du FBI, des coordonnateurs de mesures d'urgence et des spécialistes en terrorisme biologique.

Pour l'instant, la jeune scientifique essaie de se convaincre qu'elle est la mieux placée pour présenter la bête, comme elle l'appelle. La bête… ce bacille qui effraie même les plus sceptiques du département. Une bête qu'il faut garder endormie à tout prix.

Elle devra s'absenter vendredi, samedi et dimanche pour donner cette conférence, et elle sait que son fils, Matthew, souffrira encore une fois de son absence, même s'il ne le montre jamais. Son adolescent est très introverti, préférant les quatre murs de sa chambre et sa musique rock à toute présence humaine. Mariam a cessé de se culpabiliser chaque fois que son garçon se met à l'ignorer en se terrant dans son monde fermé. Elle s'en veut pourtant, aujourd'hui, de consacrer plus de temps à connaître ses bactéries que son propre enfant.

9

Dilemme

À plusieurs reprises, au cours de cette interminable journée, Steve a pensé se retirer de l'enquête. Comment pourrait-il continuer, sachant que cela risque de coûter la vie à Annie ? D'un autre côté, des milliers de gens sont menacées par ces terroristes. Des inconnus mais des êtres humains tout de même. Il comprend maintenant le dilemme dans lequel sont plongés les négociateurs lors de prises d'otages, ou les dirigeants d'un pays lorsqu'une menace terroriste plane. S'ils acceptent les exigences des rançonneurs ou des terroristes, l'intimidation et les prises d'otages se multiplieront à l'infini, et personne sur la planète ne pourra se considérer en sécurité. Mais peut-on sacrifier sciemment des citoyens uniquement pour tenir tête à des fanatiques ?

 169

Immédiatement après avoir appris la nouvelle de la disparition d'Annie, Tourignon a assigné une vingtaine d'agents supplémentaires à l'enquête, ainsi qu'une protection serrée, bien que discrète, autour du policier québécois. Vers treize heures, il convoque une réunion générale.

— John, que dit le graphologue judiciaire à propos de la lettre ?

— L'écriture est comparable à celle du premier avertissement reçu par madame Jobin. Il a été écrit sur du papier blanc commun, dans un anglais standard et sans fautes d'orthographe. L'analyse psycholinguistique suggère que l'auteur du message possède une bonne éducation et ne présente pas les symptômes habituels associés à des problèmes de personnalité. Le mot « frère » revient deux fois, mais, selon l'expert, il ne serait pas utilisé au sens de fratrie. Aucune émotion violente ne transparaît dans l'écriture de ces deux billets.

— Merci, John. Maintenant, qu'est-ce qu'on a sur la victime du *Silver Tower* ?

— Arabe, reprend un autre agent en consultant ses notes, pas de pièces d'identité. Les empreintes dentaires ne correspondent à personne de connu. Son corps n'a pas été réclamé. Le seul objet en sa possession était un médaillon, que nous avons fait analyser par la division antiterroriste du FBI. Les motifs en arabesques ne leur disent rien. Selon eux, ce n'est pas la marque d'une cellule terroriste connue. La voiture est louée, mais l'agence de location ne se souvient pas de ses clients. Pas de nom enregistré ni d'adresse existante, et l'auto a été payée d'avance, en argent comptant, pour une durée indéterminée. L'employé reçoit une enveloppe d'argent tous les mois. Il paraît que c'est un procédé usuel, dans ce genre de commerce. Deux séries d'empreintes digitales ont été retrouvées sur le volant. L'une concorde avec celles de la victime, l'autre est absente de nos fichiers. Nous avons vérifié auprès du bureau de l'immigration, et la victime n'a pu être identifiée d'après leurs registres.

— Steve, vous me dites que la voiture que nous avons interceptée hier est la même que celle qu'Annie a poursuivie le jour où votre condo a été fouillé ?

— Même marque, même couleur, d'après elle. Les hommes étaient cagoulés, la première fois, mais Annie a remarqué qu'ils parlaient une langue autre que le français ou l'anglais.

— Max, vous avez interrogé Clémence Laflamme, au *Silver Tower*?

— Oui, elle a rencontré un homme de nationalité étrangère le lendemain de la fouille. Elle le décrit comme un homme affable avec de beaux yeux noirs, le teint foncé et un joli accent. Selon madame Laflamme, il aurait gagné sa confiance en lui disant qu'il veillait aux intérêts de Marc Therrien, qu'elle aime bien. Elle lui a téléphoné lorsqu'elle a vu monsieur Garneau s'introduire dans une remise près de la piscine.

— Elle ferait une bonne espionne, constate Steve. J'avais pourtant fait attention de ne pas être vu. La soupçonne-t-on d'être une informatrice?

— Non, elle a été très surprise lorsque nous lui avons dit qu'elle avait nui au travail des policiers.

— Le numéro de téléphone qu'elle a utilisé donne-t-il des pistes supplémentaires?

— C'est le numéro d'un téléphone cellulaire récemment activé avec services prépayés. Il n'y a eu aucun appel interurbain effectué à ce numéro. Tout pour qu'on ne le retrouve pas!

— Raymonde, qu'en est-il de la traduction du mot *oulba*?

— Il peut signifier deux choses, répond la policière assise dans la deuxième rangée : le nom d'une ville industrielle au Kazakhstan, ou le mot « boîte », en arabe. Je crois que c'est la deuxième signification qui nous concerne.

— Intéressant, acquiesce Tourignon. Quelqu'un a autre chose à ajouter ? Non ? Maintenant je crois qu'un résumé s'impose. D'un côté, nous avons un réseau terroriste qui fait venir de l'anthrax de Russie. Marc Therrien, le seul membre du réseau connu à ce jour, prend cette livraison à Montréal et l'apporte jusqu'à Miami. Lorsqu'il veut livrer la marchandise, il ne peut le faire, car son contact a été assassiné. Par qui ? Nous l'ignorons. Marc a donc en sa possession la boîte contenant l'anthrax russe lorsque les Arabes arrivent dans le décor. Font-ils partie du même groupe terroriste ou sont-ils indépendants ? Nous l'ignorons également. Ils fouillent d'abord l'appartement de Therrien, puis celui de son voisin, Steve Garneau. Ils ne trouvent pas ce qu'ils cherchent, la boîte, *oulba*, contenant l'anthrax que Marc Therrien devait livrer. Ils reviennent donc le lendemain et ils amadouent une résidente de la place, Clémence Laflamme, afin qu'elle surveille pour eux les allers et venues de Marc, mais aussi celles de

Steve Garneau et d'Annie Jobin, deux vacanciers québécois vus en compagnie de Marc Therrien. La vieille dame aperçoit Garneau près de la piscine, elle contacte l'Arabe, qui arrive rapidement sur les lieux. Pendant qu'il entre dans le *Silver Tower*, son complice est appréhendé, il prend la fuite et est tué par un de nos agents. L'autre disparaît sans avoir eu le temps de trouver la boîte. Jusqu'ici, c'est à peu près clair, sauf l'identité des Arabes, leur lien avec le réseau terroriste initial et ce qu'ils comptent faire avec la boîte. Ce qui est moins cohérent, c'est l'implication d'Annie Jobin, la conjointe de Steve Garneau. Les Arabes craignent-ils qu'elle les ait identifiés ? Peu probable, car ils portaient des cagoules et ont veillé à ne pas laisser d'empreintes. Alors pourquoi la menacent-ils ? Et pourquoi utiliser le *parasailing*, un moyen peu orthodoxe, pour l'attirer dans leur piège ? Malgré tout, elle s'en sort. Ils semblent même avoir prévu ce scénario, car un message l'attend pour l'avertir qu'ils seront moins gentils la prochaine fois. Pourquoi procéder ainsi ? Quelqu'un a une idée ?

— Pour qu'elle prenne peur et les laisse tranquilles, avance un agent.

— Ou, au contraire, pour attirer l'attention, propose Tourignon. Si elle était aussi gênante, ils l'auraient éliminée dès le début. La preuve en est que maintenant, ils l'ont enlevée sans demander de rançon. Je serais surpris que ce soit uniquement pour qu'elle ne leur nuise pas.

— Ils vont peut-être demander l'anthrax en échange, suggère Steve.

— C'est une possibilité, mais, alors, pourquoi attendre avant d'exprimer leur exigence ? Si mon intuition est bonne, je crois que nous ne serons pas les seuls à être présents, lors de cet échange. Ce soir, je veux tous vous avoir à votre meilleur. Rompez !

Steve est nerveux. Donut le ressent fort bien dans les vibrations que le pied de son maître imprime au plancher de la voiture, dans la façon qu'il a d'enrouler inlassablement la laisse entre ses mains, dans les soupirs qu'il pousse en consultant sa montre. Il est vingt-trois heures quinze. Steve attend, garé à une centaine de mètres du lieu de rendez-vous, un vaste hangar vide dans un parc industriel de Miami Nord. Les renforts, dix véhicules banalisés parqués en périphérie, attendent le signal pour entrer en action. Le silence radio est de rigueur.

Steve s'interdit de penser à Annie. Il doit se concentrer, avoir l'esprit clair. Il a une livraison à faire, et rien d'autre ne doit le distraire. Mais c'est comme demander à son cœur de cesser de battre. Impossible ! Si les Arabes se présentent pour avoir leur part du butin, Annie sera certainement utilisée comme monnaie d'échange ou comme bouclier. Saura-t-il la protéger ? Qu'aurait-elle pu dire pour les contenter sans révéler l'importance de l'opération, la faiblesse de leur couverture ? Aurait-il dû la laisser dans l'ignorance, comme Tourignon l'exigeait ? Ses questions ne trouvent aucune réponse, qu'un profond sentiment de malaise et d'impuissance.

Cet après-midi, Steve est allé rendre visite à Marc, dans sa chambre de motel. Il lui a apporté de la bière, quelques provisions et des t-shirts de rechange. Ses blessures guérissent bien, mais il a l'air d'un animal sauvage pris au piège. La barbe longue, les cheveux en bataille, il observait constamment le stationnement du motel entre deux lattes du store vénitien. Steve a joué à la perfection le rôle du bon copain qui vient prendre des nouvelles et qui sympathise. Tout en se demandant si cette tromperie était justifiée, il lui a dit que le paquet serait livré le soir même, et que, le lendemain matin, il lui amènerait son argent. Marc a alors eu un geste qui a mortifié Steve : il l'a serré dans ses bras et lui a dit, d'une voix émue :

— T'es un ami, Steve, un vrai. Tu ne peux pas savoir combien j'apprécie ce que tu fais pour moi…

Oh oui ! le policier le sait. Il va infiltrer un réseau de terroristes tout en essayant de sauver sa peau, celle d'Annie et de milliers d'autres innocents, et, ensuite, il vendra Marc à la justice américaine, même s'il doute que celui-ci soit vraiment coupable. Mais ce n'est pas son travail que de décider de cela.

La montre sonne enfin l'heure convenue. Vingt-trois heures vingt-huit. Steve met le moteur en marche et avance lentement dans la rue déserte. La lune, presque pleine, rivalise avec les rares lampadaires allumés. Une sombre bâtisse se profile au bout de la rue. Le policier roule jusqu'au débarcadère, actionne le code d'ouverture de la porte et pénètre dans l'entrepôt vide. La porte se referme derrière lui dans un grincement de poulies rouillées. À l'intérieur, quelques néons répandent une lueur blafarde. Steve est le premier arrivé. Donut gronde en piétinant sur place. A-t-il senti la présence d'Annie, ou est-ce la nervosité de son maître qui l'électrise ainsi ?

Steve attend dans la voiture que son contact se présente. Sous le siège avant, il tâte ses lunettes de vision nocturne et son fusil d'assaut, un H&K 53, à n'utiliser que si l'opération tourne mal. Son arme personnelle est coincée dans sa ceinture, sous le gilet pare-balles dissimulé par une veste de cuir. L'important est d'inspirer confiance à son contact pour qu'il morde à l'hameçon et file avec l'appât. Un appât gâté et piégé.

Impossible d'entendre d'autres bruits que son cœur qui bat comme un tambour. Le halètement de Donut remplit d'humidité l'habitacle réduit du véhicule. Tout à coup, la porte métallique s'ouvre, et un véhicule s'introduit dans le hangar. Steve retient sa respiration tout en caressant nerveusement la tête de son chien. Il attend que son contact se gare en face de lui, puis il sort lentement de sa voiture en laissant la portière entrouverte. Dans le faisceau aveuglant des phares, impossible de distinguer le nouvel arrivant. Tout se déroule dans le silence le plus complet. Les mains ouvertes à la hauteur de ses épaules,

Steve se dirige vers le coffre arrière, l'ouvre, puis sort la boîte enrobée de plusieurs épaisseurs de plastique. Elle est très légère, comme si elle ne contenait que de l'air. Il la soulève au-dessus de sa tête et marche en direction des phares. Il s'immobilise. Son correspondant descend de voiture et s'approche. Steve ne peut s'empêcher d'afficher un sourire : il a devant lui la caricature parfaite d'un cowboy du Far West : le visage camouflé par un bandana rouge, le chapeau de cuir enfoncé jusqu'aux yeux. Il ne lui manque que les éperons aux bottes. Comme s'il lisait dans les pensées de Steve, l'homme déplace légèrement le pan de sa veste pour mettre son arme en évidence. La voix du Québécois résonne dans l'immensité du hangar :

— Le huard chante toujours deux fois…

— …avant de plonger, termine le cowboy, satisfait. Puis il fait quelques pas en avant.

— J'ai une livraison pour l'Américain, continue Steve. Marc n'a pas pu venir lui-même et il m'a demandé de le remplacer.

— Vous êtes seul ?

— Bien sûr, ajoute Steve en espérant que Donut respectera son ordre de rester couché. Vous avez l'argent ?

Le cow-boy recule de quelques pas et, sans quitter Steve du regard, se penche vers la portière entrouverte et ramasse une mallette de cuir noir sur le siège du conducteur. Il fait jouer les fermoirs, révélant un alignement serré de liasses de billets verts.

— Vous voulez compter? propose l'homme, non sans regarder sa montre avec impatience.

— Je vous fais confiance, voici le colis.

Au moment de procéder à l'échange, un craquement se fait entendre au fond du hangar. En fronçant les sourcils, le cow-boy dégaine son arme et met Steve en joue. Le Québécois lève lentement les mains et affiche un air inquiet. Sans attendre la suite, l'homme jette la valise aux pieds du policier et s'empare de la boîte. La protégeant de son corps comme s'il s'agissait d'un ballon de football, il s'engouffre dans sa voiture et démarre. Steve se jette de côté pour éviter d'être écrasé.

Bien avant que le cow-boy n'atteigne la sortie, la porte est pulvérisée par une charge explosive. La poussière n'a pas le temps de se déposer qu'une camionnette de laitier s'engouffre dans le trou béant et le bloque. Quatre hommes armés sortent du véhicule par les ouvertures latérales et se dispersent dans l'obscurité. Des ordres sont hurlés dans une langue que Steve reconnait avec un serrement au cœur : c'est de l'arabe. Immédiatement, l'image d'Annie s'impose. L'ont-ils emmenée avec eux ? A-t-elle été contrainte de leur révéler où et quand devait avoir lieu l'opération ? Sous la torture ? À cette idée, le policier laisse échapper un gémissement.

Les néons s'éteignent l'un après l'autre. Des coups de feu sont échangés, des cris fusent, des hommes sont touchés. Steve réalise alors que le cow-boy a des complices. Ses copains devaient être dissimulés dans la voiture ou bien cachés dans le hangar. Le Québécois semble le seul à ne pas s'être fait accompagner. Il résiste tout de même à la tentation de demander un appui immédiat et monte plutôt dans sa voiture, prend le volant et file vers la camionnette des Arabes, faisant converger les tirs sur lui. Le cow-boy profite de la diversion pour sortir de son véhicule et disparaître dans l'obscurité, au grand soulagement du policier. Rien ne doit empêcher le paquet de se rendre à destination, se répète-t-il. Des cadavres ne leur serviraient à rien.

Steve freine brusquement à côté de la camionnette, examine le véhicule pour s'assurer qu'il est vide, puis se glisse à l'intérieur, suivi par son chien. Recroquevillé parmi les miettes de verre du pare-brise éclaté, il constate que les clés sont restées sur le démarreur. À l'arrière, quelques bâches sont entassées dans un coin. Annie n'est pas là.

Des balles sifflent au-dessus de sa tête. Il doit dégager la sortie avant que la situation ne se corse pour lui et pour la livraison de la boîte… Tout en restant le plus près possible du sol, il fait partir le moteur. Avant même d'avoir eu le temps de mettre la transmission en marche arrière, son geste est stoppé par un ordre, aboyé en arabe. Il lève lentement les mains.

Un adolescent d'une quinzaine d'années le tient en joue, d'une main qui tremble un peu. L'expression de son visage, qui porte encore les rondeurs de l'enfance, montre que la situation le dépasse. Il fait signe à Steve de descendre du véhicule, mais Donut en a décidé autrement. Sans avertissement, il saute à la gorge du gamin, l'entraînant sous son poids. Steve hurle, alors qu'un coup de feu est tiré, assourdi par l'épaisse fourrure de l'animal. La tête du jeune Arabe cogne durement le sol. Le garçon et le chien gisent, couchés l'un sur l'autre au pied du Québécois. Fébrilement, le policier les sépare pour constater avec horreur qu'une large trace rouge s'élargit sur la poitrine du berger allemand. Le garçon n'a aucune blessure apparente. Tout en cherchant le pouls de Donut, Steve le gronde :

— Grosse tête de linotte, tu n'aurais pas dû faire ça. As-tu réfléchi avant de te lancer ? La veste pare-balles, c'est moi qui la porte, pas toi. Idiot !

Le chien gémit, ouvre un œil, puis le referme aussitôt. Sa respiration est sifflante. Steve le ramasse à bras le corps et le dépose doucement sur les bâches, à l'arrière de la camionnette. Il empoigne aussi le gamin, léger comme une plume, et le dépose encore inconscient à côté du chien. Il s'assure de lui lier solidement les mains et les pieds avec des attaches de câbles qui traînent sur le plancher du véhicule.

Puis sans se soucier des coups de feu que continuent d'échanger les deux bandes rivales, Steve embraie le véhicule en marche arrière et sort du hangar.

Une heure après la fin des hostilités, Steve, Tourignon et ses hommes tiennent un débreffage au poste de police. La fatigue et une profonde déception se lisent sur les visages, expliquant mieux que bien des mots combien l'opération s'est mal déroulée. Très tôt ils ont perdu la communication avec Steve, et ce sont les premiers coups de feu qui les ont alertés. Craignant de se présenter trop vite sur le site, ils sont plutôt arrivés trop tard, perdant ainsi la possibilité de filer les terroristes. Puis, lorsqu'ils ont procédé au nettoyage des lieux, un Arabe pourtant mortellement touché et terré derrière des amoncellements de poutrelles d'acier a réussi à les prendre par surprise. Résultat : trois agents sérieusement blessés sont maintenant à l'hôpital. Du côté des Arabes, seul le jeune garçon que Steve a ramené dans le camion de livraison est toujours vivant. Il souffre d'une commotion cérébrale, et le personnel médical interdit aux policiers de l'interroger, pour l'instant. Aucune trace des cow-boys, comme on les appelle maintenant. Ils se sont évaporés, laissant sur place la voiture, des douilles de cartouches et quelques gouttes de sang.

Au poste, dans le silence tendu qui suit cette récolte peu réjouissante, Steve examine ses mains encore tachées du sang de Donut. Tout à l'heure, aussitôt sorti du hangar, il a conduit son chien à l'hôpital vétérinaire le plus proche. La balle, qui a traversé un poumon, est ressortie en fêlant une côte. L'hémorragie a été importante, et Donut repose maintenant dans un état critique. Le vétérinaire ne saura que dans vingt-quatre à quarante-huit heures si le berger allemand s'en sortira. Dans la salle d'attente, Steve est passé de *Pourquoi l'ai-je mis dans une telle situation ?* à *Que me serait-il arrivé, s'il ne m'avait pas sauvé la vie ?*

Le policier déplore pourtant que l'intervention de Donut lui ait fait perdre sa seule chance de retrouver Annie. Le gamin, blessé à la tête, est maintenant son unique lien avec elle. À moins que le choc ne lui ait coûté la mémoire… Ou pire, que le jeune ignore le lieu de détention d'Annie, les trois Arabes ayant emporté leur secret dans la tombe… Le Québécois ne peut s'empêcher d'imaginer Annie retenue prisonnière dans une cave sordide, attendant qu'on la délivre sans se douter que personne ne sait où la trouver…

Et pour ajouter à la malchance des enquêteurs, la puce de localisation que contenait le faux colis d'anthrax et avec laquelle ils espéraient découvrir le repère des cow-boys a été découverte. Les policiers l'ont retrouvée à quelques kilomètres du hangar, dans un bâtiment abandonné. Elle avait été déposée là à côté d'un vêtement de protection et de gants en latex utilisés pour la retirer du paquet. Un billet épinglé sur le vêtement lançait cet avertissement : «Vous ne savez donc pas ce que vous faites ! Laissez-nous compléter notre mission, et nous protégerons mieux que quiconque l'Amérique contre les nations terroristes. *God help us!*»

10

La ligue arabe

Le garde affecté à la surveillance de la chambre du jeune Arabe salue Steve et le laisse entrer. Tourignon est déjà sur place avec un autre enquêteur, une traductrice et un avocat du tribunal de la jeunesse. Le médecin termine de prendre les signes vitaux de son patient et d'examiner ses yeux. Le gamin porte un bandage autour de la tête et affiche un air renfrogné.

— Il est encore faible, commente le docteur en se tournant vers Tourignon, et le choc lui a peut-être fait perdre la mémoire. C'est fréquent après une commotion de cette intensité. Alors n'abusez pas de lui, sinon je devrai vous faire sortir.

Steve attend que le Français ait fait les présentations et qu'il ait posé les questions d'usage : nom, âge, adresse. Le garçon ne ré-pond pas, même après que la traductrice eut répété les questions en arabe et en quelques dialectes régionaux. Son regard semble soudé aux barreaux du lit, que l'infirmière vient de relever afin de créer un espace protecteur autour du malade. Steve s'avance résolument vers lui avec une photo d'Annie.

— Elle s'appelle Annie Jobin, explique-t-il en anglais, en prononçant clairement chaque mot. C'est mon amie. Elle a disparu, hier matin. Tu la reconnais ?

Pendant que la femme traduit, Steve scrute le visage de l'Arabe, et le léger sourcillement qu'il perçoit l'incite à continuer :

— Nous sommes en vacances, mais, de-puis notre arrivée, des gens nous harcèlent. Ces gens, tu les connais ? Ils étaient avec toi la nuit dernière.

Sans attendre la traduction, il poursuit, certain que le jeune comprend plus qu'il ne le laisse voir.

— Tes amis sont tous morts. Tu es un brave garçon, mais tu es beaucoup trop jeune pour être lié à cette histoire. Où est Annie ? Où l'ont-ils cachée ? Tu ne voudrais pas être responsable de sa mort, j'en suis sûr. Alors dis-le-moi avant qu'il ne soit trop tard.

L'adolescent est ébranlé. Steve peut voir l'effort qu'il déploie pour retenir des informations qui lui brûlent les lèvres, ou la conscience, peut-être. Puis son visage se referme, et il prononce, dans un souffle :

— Je veux parler à mon imam, Mohammed Abdoullah.

Malgré le fait qu'il se soit exprimé en anglais, tous les policiers se tournent en bloc vers la traductrice.

— Chez les musulmans, l'imam est la personne qui dirige la prière. C'est un peu leur prêtre, leur guide spirituel.

Steve serre les poings. Il sait que ce sera long, peut-être même inutile, si l'imam ne parvient pas à convaincre l'adolescent de parler. Il aurait le goût de secouer le gamin comme un prunier, mais il sait que ça ne ferait qu'envenimer la situation. Il soupire et sort de la chambre pour prendre des nouvelles de Donut. Un sentiment d'impuissance lui pèse sur les épaules comme une chape de plomb.

La tension est palpable dans la bibliothèque du fabricant d'armes. Les membres du GSA sont divisés après la désastreuse transaction de la nuit précédente. Selon Marlon, l'échange s'est bien déroulé, le type remplaçant Marc connaissait le code et la procédure. Puis il y a eu l'arrivée inopinée de la camionnette occupée par leurs ennemis jurés, quatre Arabes. Lorsque la fusillade a commencé, Marlon était persuadé que le livreur les avait vendus. Il s'était vu terminer sa vie sur le béton du hangar ou dans une prison fédérale. Pourtant, il avait repris confiance après avoir vu le livreur foncer sur la camionnette, détournant ainsi l'attention de leurs opposants. La fusillade s'était terminée dans un bain de sang arabe. Il y avait miraculeusement échappé grâce à l'intervention de Nick, Jerry et Walter, cachés d'avance dans le hangar et équipés des meilleures armes que Frank Masset avait pu leur fournir. Les quatre hommes du GSA s'étaient échappés à temps avec la boîte contenant l'anthrax, juste avant l'arrivée des policiers. Mais leur enthousiasme s'était brusquement refroidi lorsque Walter, le pharmacien, après avoir enfilé une combinaison de protection, avait découvert le minuscule mouchard, un modèle ultrasensible utilisé par le FBI. La conclusion sautait aux yeux : ils avaient été piégés, et la poudre blanche pour laquelle ils avaient payé si cher – un demi-million de dollars et la vie du jeune William –, n'était pas celle qui leur permettrait de réaliser leur précieux rêve de justice.

Toute la nuit ils s'étaient attendus à ce que les policiers entourent la maison de Masset, où ils s'étaient réfugiés et qu'ils avaient juré de ne pas déserter sans un combat acharné. Mais rien ne s'était passé cette nuit-là, ni au matin. Cela avait renforcé leur conviction profonde selon laquelle Dieu et la justice américaine reconnaissaient la légitimité de leur cause.

— Que faisons-nous maintenant ? demande Frank Masset en les considérant tour à tour.

Des discussions s'animent entre les participants. Rapidement, le groupe se scinde en deux factions. La première, dirigée par la fougueuse Deborrah Morris, penche pour des actions immédiates. L'autre est ralliée autour d'Arleen, la mère de famille, qui prône un retour au calme en attendant que la poussière retombe. C'est l'impasse. Tom Brenner, un passionné de motocyclettes, qui s'est tu jusqu'ici, lève le doigt pour prendre parole.

— Je pourrais vous suggérer une solution de remplacement, hésite-t-il. Je connais une microbiologiste qui travaille au CDC. Et je crois posséder un moyen infaillible de la faire travailler pour notre cause…

Un silence attentif s'installe pendant que l'homme explique sa stratégie. Arleen est la seule à opposer une résistance scandalisée au projet. Tous les regards se tournent alors vers Masset, attendant son approbation.

— Combien de temps ?

— J'estime qu'une semaine devrait être suffisante pour nous assurer de sa collaboration, répond Tom. Puis il y a la production…

— Une ou deux semaines pour produire et purifier de l'anthrax, ajoute le pharmacien après avoir griffonné quelques calculs.

— D'ici quinze à vingt jours, nous devrions pouvoir frapper haut et fort !

— À la bonne heure, Tom ! Le plus tôt sera le mieux, déclare l'armurier avec un sourire ravi.

🔁

Soixante minutes ont été suffisantes pour trouver l'imam Mohammed Abdoullah et le conduire à l'hôpital. Avant d'entrer dans la chambre du jeune patient, l'homme est conduit à la morgue, au sous-sol de l'établissement. Tourignon espère que le nouveau venu, s'il connaît vraiment bien le garçon, pourra également identifier les trois hommes morts dans la fusillade du hangar et fournir un début d'explication : qui sont-ils, quel est leur mobile, pourquoi Annie a-t-elle été enlevée et où se trouve-t-elle en ce moment ?

L'imam avance avec hésitation dans la pièce froide au mobilier chromé. Cet homme de prière répugne à se tenir dans un endroit où la mort prend des allures d'étal de boucher. Pour les musulmans comme pour les chrétiens, la mort est un passage vers l'au-delà, une étape qui doit être acceptée et préparée avec sérénité. Lorsque le premier corps lui est montré, il frissonne et murmure :

— C'est Omar Arahmad.

Il croise les mains du mort sur sa poitrine et, se plaçant face à l'est, en direction de La Mecque, il prononce à l'oreille droite du défunt :

— *Ach-hadou alla ilaha Illa Allah*[16].

Puis il poursuit le credo musulman dans son oreille gauche :

— *Wa ach-hadou ana Mouhammadour Rassoulou Allah*[17].

---

16. Il n'y a de dieu qu'Allah.

17. Mahomet est le prophète d'Allah.

Il répète le même rituel avec les deux autres victimes, Alî et Ismaël, qu'il identifie comme étant les neveux d'Omar. Enfin, il se tourne vers les policiers et le médecin légiste.

— Ce sont des membres de ma communauté. Que s'est-il passé ?

En quelques mots, Tourignon explique l'essentiel de l'affaire. Il demande aussi au médecin d'ouvrir un tiroir réfrigéré dans lequel repose l'Arabe qui s'est sacrifié près du *Silver Tower*, en fuyant devant les policiers. L'imam penche la tête. Son visage reflète à la fois l'incompréhension et la douleur.

— Oui, c'est Yusef, le père des deux plus jeunes victimes, le frère d'Omar. Le malheur a durement touché cette famille. Qu'Allah ait pitié, ajoute-t-il en effectuant de nouveau le rituel des morts. Puis il s'adresse au médecin légiste :

— Vous savez que notre religion interdit les autopsies. Je veux que ces hommes soient retournés à leurs familles pour qu'elles puissent organiser leur dernier repos. Maintenant, dites-moi quelles sont les charges retenues contre le jeune garçon ?

— Il accompagnait ces hommes, que nous suspectons de faire partie d'un réseau terroriste, déclare Tourignon. Il portait une arme avec laquelle il a menacé un policier. Un dossier criminel à cet âge, ça commence très mal une vie. Mais nous sommes prêts à retirer tous les chefs d'accusations portés contre lui s'il nous révèle où ils détiennent la policière Annie Jobin et nous explique leur rôle dans cette histoire. Je crois qu'il a confiance en vous, sinon il ne vous aurait pas appelé. Faites-le parler, il en va de la vie d'une jeune femme.

Lorsque l'imam entre dans la chambre du jeune patient, Steve se glisse derrière lui, mais le musulman lui bloque le passage.

— Les confessions se font devant Allah. Je ne sers que d'intermédiaire. Dès qu'il se sentira en paix, vous pourrez lui poser toutes les questions que vous voudrez.

Steve ressort en fulminant :

— Fichue religion d'extrémistes !

La traductrice le regarde avec un sourire triste.

— Vous êtes athée ?

— Non, je crois en Dieu, mais pas au point de combattre et de tuer pour mes croyances.

— N'est-ce pas ce que vous faites vous-même, combattre ? Combattre les terroristes, combattre les êtres mauvais qui volent, qui

violent, qui ne respectent ni la vie ni la propriété ? La religion de ce gamin n'est pas si
différente de la vôtre. Les musulmans croient
en un seul Dieu, Allah. Leur prophète est
Mahomet, dont la venue a été annoncée par
Jésus lui-même. Le Coran, notre livre sacré,
a été transmis à Mahomet par l'archange
Gabriel, tout comme vos Dix Commande-
ments l'ont été à votre prophète Moïse.

— Alors pourquoi cette mentalité extré-
miste ? insiste Steve.

— Le Coran commande l'amour, tout
comme la Bible. Mais toutes les religions ont
mené un jour ou l'autre une croisade contre
un ennemi, qu'il soit religieux ou civil.

— Mais de là à vouloir exterminer tous
ceux qui ne pensent pas comme vous en utilisant un terrorisme cruel et insensé… Le
Coran n'enseigne-t-il pas la communication
et la tolérance ?

— Vous touchez un point sensible, la
communication. Pour citer le philosophe
Jürgen Habermas : « C'est la défiance réci-
proque des peuples qui conduit à la rupture
de la communication et qui amène la spirale
de la violence. » Mais n'oubliez jamais, monsieur Garneau, que le terrorisme est le fait
d'individus isolés, et non de la majorité. Les

Arabes ne sont pas tous des terroristes, tout comme les Québécois ne vivent pas tous dans des cabanes au fond des bois. L'exception confirme la règle.

Pensif, Steve remercie la jeune femme et retourne s'asseoir dans la salle d'attente. Cette discussion lui permettra de reconsidérer plusieurs *a priori* qu'il entretenait sur le peuple arabe, notamment depuis les tragiques événements du 11 septembre 2001. *Oui, la communication est à la base de toute relation*, approuve-t-il mentalement. *À commencer par le couple. Mais puisqu'elle s'avère aussi délicate entre deux personnes qui ont basé leur relation sur l'amour, il est évident qu'elle ne peut se faire facilement entre des peuples que tout sépare.*

Il essaie de se détendre, mais une image s'impose à lui : Annie, dans un sous-sol sombre et infect, ligotée à une chaise, un bâillon sur la bouche. Puis un autre film se superpose, celui d'une jeune femme disparue qu'il ne connaissait alors que par des photos et un avis de recherche, et attachée à une table de bois, la tête prise dans un carcan de fer. L'horreur qu'Annie a traversée dans le laboratoire du docteur Chenevert a été le coup d'envoi d'une série d'épreuves qui les a rapprochés.

Avec quelques divergences d'opinion en cours de route. Comment pourrait-il en être autrement, elle qui cultive avec désinvolture le libéralisme caractéristique des jeunes adultes d'aujourd'hui ? Tout à fait à l'opposée de lui. « On ne s'attache pas si ça peut nuire à notre carrière ou à l'indépendance de l'autre », lui a-t-elle répliqué le soir de leur arrivée à Miami, lorsqu'il l'a demandée en mariage. Rien qu'à y penser, la honte lui rougit les joues. Il a l'impression d'avoir agi sur un coup de tête, comme un adolescent à son premier rendez-vous. *Encore ma lamentable difficulté à m'exprimer*, gémit-il dans un soupir. Lorsqu'il relève la tête, l'imam se tient devant lui. Le vieil homme lui donne un papier sur lequel est rédigée une adresse.

— L'adolescent s'appelle Ahmed Arahmad. Il est le fils d'Omar. La jeune femme est avec la famille d'Ahmed, enfin, ce qui en reste. Son père est mort hier, son oncle aussi et deux de ses cousins. Ne vous inquiétez pas, ils n'ont fait aucun mal à madame Jobin. Ils vous expliqueront tout ce que vous voulez savoir, et vous comprendrez que les apparences sont parfois trompeuses. Je vous donne ceci en échange de la liberté du petit et de l'assurance qu'il n'aura pas de dossier.

Steve se tourne vers Tourignon, qui fait un signe affirmatif. Le Québécois s'empare du papier et se précipite dehors, talonné par l'agent français et plusieurs de ses hommes. En route, ils s'assurent d'obtenir un renfort substantiel. Moins de quinze minutes plus tard, une dizaine de voitures de police se garent devant un complexe d'appartements relativement délabrés. Leur arrivée provoque la fuite de jeunes enfants qui jouaient au basket-ball dans la cour. Des portes se ferment, des téléviseurs s'éteignent. Seuls les moineaux continuent de pépier sous le soleil déjà torride de dix heures. Des officiers se dispersent et, après avoir inspecté les couloirs, vont se poster dans des endroits stratégiques.

Steve et Tourignon avancent en tête dans le corridor désert. Ils ont revêtu une veste pare-balles, et chacun porte son pistolet à la main. Ils ont eu l'assurance de l'imam que personne ne serait armé, là-haut. Le Québécois en doute, étant donné ce qu'il a pu expérimenter depuis son arrivée à Miami. L'appartement de la famille du jeune Ahmed se trouve au troisième étage. Les escaliers étroits craquent, une odeur d'épices exotiques flotte dans l'air. Ils atteignent enfin la porte 324, et Tourignon y cogne fermement.

199

— Police. Ouvrez !

Pendant quelques secondes, on entend le glissement de nombreux verrous de sûreté, et, finalement, la porte s'ouvre. Une dame âgée, la tête drapée d'un voile, dévisage longuement les deux policiers et leur fait signe d'entrer. Dans le salon sont assis deux vieillards et deux adolescents. Dans la cuisine, des enfants dessinent devant un téléviseur allumé. Steve, mal à l'aise, se racle la gorge et demande :

— Où est Annie Jobin ?

Un des aînés commence à parler en arabe, et l'un des adolescents traduit aussitôt :

— Vous la verrez tout à l'heure.

— Ce n'est pas ce qui était prévu, s'emporte le Québécois. L'imam a promis que vous libéreriez la jeune femme. Dehors, il y a trente policiers qui encerclent le bâtiment. Un signal de ma part, et ils entrent en force. Vous saisissez ?

L'adolescent traduit aussi vite qu'il peut, le regard inquiet. Le vieil homme lui fait signe de se calmer et, sans se presser, prend le téléphone sur une table basse. Il compose un numéro et, lorsqu'il obtient la communication, tend le combiné à Steve. Le policier hésite. Puis, dès les premières paroles de son correspondant prononcées, il sent son cœur fondre. La voix d'Annie lui semble si proche qu'il a l'impression qu'elle provient de la pièce d'à côté.

— Steve, ne t'inquiète pas, je ne suis pas en danger. Ils me traitent bien. Nous allons nous voir tout à l'heure, mais, avant, tu dois absolument écouter ce qu'ils ont à te dire. C'est vraiment très important. Fais-leur confiance.

Puis, après un court silence, elle ajoute :
— Je t'aime, Steve.

Matthew Singer enrage. Il lui semble que la fin de semaine qui s'amorce est gâchée avant même d'avoir commencé. Qu'a donc pensé sa mère, en acceptant cette stupide invitation ? Il n'a pas entendu parler de son père depuis cinq ans, et, maintenant qu'il réapparaît, il faut que tous se plient à ses quatre volontés. Dont celle d'aller passer les deux prochains jours chez lui «afin de renouer les liens père-fils qu'il a trop longtemps négligés». *Eh bien ! Il aurait pu attendre encore quelques années avant de renouer*, pense le garçon en envoyant valser la valise d'un coup de pied. Sa mère lui a promis que ce n'est qu'un essai, qu'elle ne l'obligerait pas à le revoir s'il ne le voulait pas. Cependant, elle ne cesse de dire qu'il manque une présence masculine dans la maison, comme si lui n'était pas un homme, un vrai. Et elle s'est parjurée en achetant cette valise bleue que Mat déteste déjà et qui signifie que, malgré ce qu'il dira, ces fins de semaine « père-fils » vont se reproduire.

Depuis cinq ans, Matthew Singer et sa mère, Mariam, vivent dans ce petit appartement, au centre-ville de Fort Lauderdale. Les premières années suivant le divorce de ses parents ont été pénibles, financièrement surtout. Mais depuis que sa mère a décroché son poste de microbiologiste dans un laboratoire du CDC, au plus fort de la crise des Postes, leur situation s'est améliorée. Cela s'est cependant fait au détriment de leur vie de famille. Lorsqu'elle doit rester plus tard au laboratoire, elle déclare à son fils que les cellules dont elle a la charge ne s'arrêtent pas de vivre passé dix-sept heures ni les fins de semaine. L'adolescent de treize ans lui a souvent assuré qu'il n'en souffrait pas, mais Mariam déteste le voir enfermé de longues heures dans sa chambre en désordre, avec sa guitare et sa solitude.

Le seul intérêt que Matthew concède à ces retrouvailles forcées est que son père possède un atelier où il dessine et construit ses propres modèles de motocyclettes. Exactement comme dans l'émission de télévision *Hot Rod*, qu'il suit religieusement depuis le début de l'année. Mat espère pouvoir conduire, un jour, un de ces engins de rêve. En soupirant, il décroche le téléphone et compose le numéro de son copain, chez qui il devait aller après l'école.

— Bill, c'est Mat.

— Tu ne devineras jamais, j'ai reçu mon cadeau d'anniversaire à l'avance. Il faut que tu voies ça !

— Ça va devoir attendre. Je dois aller chez mon père en fin de semaine.

— T'as un père, toi ? C'est nouveau !

— Ouais… et ça ne me fait pas plaisir. C'est quoi, ton cadeau ?

— Un Play Station Portable. La dernière technologie en matière de jeux vidéo. Je vais faire baver d'envie tous les copains de l'école.

— Bon, je te laisse, Bill, parce que là, c'est moi que tu fais baver.

— Ben… amuse-toi quand même, Mat.

Décidément, cette invitation ne peut pas plus mal tomber. Mais ce sera la dernière, se promet le garçon en bouclant sa valise. De toute façon, il n'a pas plus besoin d'un père que d'une ampoule au pied...

Le vieil homme invite les policiers à s'asseoir au salon, autour de la table basse. Il prend la théière en argent ciselé qu'une autre femme voilée lui a apportée et, avec des gestes précis, transverse de très haut le thé dans une tasse, en plusieurs traits afin de le renforcer et de l'aérer. Puis il l'adoucit en ajoutant une quantité impressionnante de sucre et le verse dans de petites tasses également en argent qu'il distribue à tous les hommes.

Steve soupire d'impatience. Si Annie avait été à ses côtés, il aurait probablement pris plaisir à admirer la décoration digne des *Mille et une nuits* et à apprécier le thé et les accents particuliers de la langue arabe. Mais il ne souhaite qu'une chose : que le grand-père se hâte, et que ce mauvais rêve se termine. Le doyen parle lentement en faisant de longues pauses afin que son petit-fils puisse traduire son message :

— Je m'appelle Ibrâhîm Arahmad. Je suis né à Beyrouth, la capitale du Liban. Je suis le père de Yusef et d'Omar…

La voix de l'homme se brise, et il enlève ses lunettes pour s'essuyer les yeux. L'adolescent ajoute à voix basse, pour la compréhension des policiers :

— Yusef a été tué devant le *Silver Tower*. Omar est mort hier soir. Il a aussi perdu Ismaël et Alî, deux des fils de Yusef, dans la fusillade…

— Ahmed est mon petit-fils, reprend l'homme en se raclant la gorge. Je lui ai dit qu'il était trop petit pour accompagner son père et son oncle, mais il ne m'a pas écouté. En 1975, alors que je vivais encore à Beyrouth, la guerre civile a commencé. Mes trois fils avaient alors quinze, seize et dix-huit ans. Un soir, je les ai surpris en train de boucler leurs bagages pour rejoindre le camp paramilitaire du Hezbollah, qui les avait recrutés. Pour des jeunes de cet âge, le Hezbollah, c'est la mort assurée. On les envoie en première ligne des embuscades et des missions spéciales. C'est dans ces camps, en plein désert, qu'ils apprennent à tuer et qu'on leur bourre l'esprit d'idées extrémistes. Je ne voulais pas de ça pour mes enfants. Mon plus vieux a refusé de m'obéir. Il a dit préférer mourir martyr plutôt que de vivre comme un paria. Les dirigeants avaient déjà réussi à lui durcir le cœur. Il est mort trois mois plus tard, au cours de sa première mission. En utilisant tous mes contacts et ce qu'il me restait d'argent, nous avons immigré aux États-Unis et nous nous sommes installés en Floride.

«Je passerai, continue-t-il après s'être resservi du thé, sur les joies et les peines qui ont meublé nos premières années d'immigrés. La vie n'était pas facile, les provocations nombreuses, et, comme tout émigré, nous étions la cible de racisme. La situation a changé radicalement au matin du 11 septembre 2001. Nous sommes passés d'étrangers tolérés à terroristes certifiés. Nous recevions des lettres de menaces, des insultes, les enfants revenaient de l'école avec des estafilades et des nez cassés. Nous étions devenus des *persona non grata*, des indésirables responsables de tous les maux de la Terre. Pourtant, nous avions comme la plupart des Américains des amis morts dans ces tours infernales. Nous étions atterrés par cet ignoble acte de terrorisme. Mais comment le faire comprendre ? La couleur de notre peau et notre accent nous condamnaient aussi sûrement que si nous avions piloté nous-mêmes ces engins de la mort.

« Ensuite, la situation est devenue into-
lérable. Ahmed a été battu et laissé pour mort
dans une ruelle. Son père l'a retrouvé après
plusieurs heures de recherche et d'inquiétude. Les médecins ont heureusement pu le
sauver de justesse. Nous envisagions de démé-
nager, mais personne ne voulait nous louer
un appartement. C'est alors qu'une de nos
amies, une serveuse qui travaillait dans un
restaurant que notre nationalité nous empêchait de fréquenter, nous a rapporté une
discussion entre deux jeunes hommes. Ils se
vantaient des violences dont nous étions victimes. Cette femme, prétextant qu'elle détes-
tait aussi les Arabes, a fait parler ses clients
et a ainsi su qu'un groupe d'Américains s'apprêtait à éliminer les musulmans des États-
Unis. Ils sont revenus plusieurs fois au restaurant et, chaque fois, ils lui en apprenaient un
peu plus sur leur groupe et leurs intentions.

— Qu'a-t-elle appris de ces gens, précisément ? C'est ce que nous aimerions bien
savoir.

— Qu'ils avaient fait venir de l'anthrax
d'un laboratoire russe et qu'ils préparaient un
attentat terroriste contre nous, en sol américain. Quelque chose de très ciblé qui n'attein-
drait que les Arabes.

— Pourquoi ne pas avoir prévenu la police ? l'interrompt Steve.

Le vieillard a un rire triste. Il continue en regardant Steve dans les yeux.

— Vous ne me croiriez pas si je vous disais le nombre de fois que nous avons raconté notre histoire et les réponses que avons reçues. « Nous n'avons pas de temps à perdre avec des fabulations de ce genre. Les Américains ne sont pas assez stupides pour provoquer un attentat terroriste dans leur propre pays. » Ils ne le disaient pas ouvertement, mais nous sentions leur insensibilité envers notre malheur. N'oubliez pas que nous étions au lendemain du 11 septembre 2001 et que nous appartenions au peuple responsable des attentats qui avaient fait près de trois mille victimes américaines.

« Nous faisions face à un choix difficile : ignorer l'avertissement en espérant que tout cela n'était que des vantardises d'adolescents ou, au contraire, en faire notre cause et agir. Ce qui signifiait apprendre à connaître nos ennemis, à mettre nos pas dans les leurs et à anticiper leurs actions pour les empêcher d'agir. Mes fils, mes neveux et mes petits-enfants sont partis en guerre. J'ai essayé de les retenir comme je l'avais fait vingt-cinq ans plus tôt, mais la sagesse des aînés n'est que murmure lorsque la vie est menacée. Ainsi, ce que je vous révèle aujourd'hui, je le fais au nom de mes enfants, comme ils l'auraient fait s'ils avaient encore été de ce monde. Je veux que vous compreniez qu'ils n'étaient pas des terroristes et qu'ils ont agi ainsi pour sauver les leurs, des machinations de ce groupe.

Pendant la traduction, Steve observe l'homme et mesure l'immense perte que celui-ci a subie en l'espace de quelques heures. *Il ne mérite pas qu'on s'acharne sur lui et sa famille*, pense le Québécois. Pourtant, Steve doit éclaircir un point.

— Je comprends, monsieur Arahmad, même si comme vous je n'approuve pas la voie qu'ont choisie vos enfants. Mais je dois savoir pourquoi vos fils s'en sont pris à Annie Jobin et à moi ?

— Vous étiez en relation avec Marc Therrien, qui transportait l'anthrax depuis Montréal, et vous êtes Québécois. Mes fils ont donc cru que vous faisiez partie de leur bande. Nous devions retrouver cette boîte avant qu'elle ne serve à supprimer nos concitoyens.

— Vous saviez pourtant que nous étions policiers. Vous aviez volé nos papiers d'identité dans notre appartement.

— J'ai remis tous vos papiers à madame Jobin. N'oubliez pas qu'à plusieurs reprises, nous avons été déçus par les forces policières. Personne n'a jamais voulu nous aider, alors pourquoi cela aurait-il été différent avec vous ? Vous fréquentiez Marc Therrien et vous veniez du même pays ; mes fils ont donc conclu, trop rapidement sans doute…

— Vous vous plaignez que les Américains mettent tous les Arabes dans le même panier, mais vous nous avez jugés très rapidement en nous associant à un homme qui nous était totalement inconnu lors de notre arrivée à Miami.

— Je l'avoue, c'était une erreur. Mais lorsque nous avons discuté avec madame Jobin hier matin, nous avons compris que le moment était venu de forcer votre attention sur notre cause et d'obtenir votre collaboration.

— Connaissez-vous le prix de cet enlèvement ? Vingt ans de prison !

— Ah ! vous savez, je suis vieux et mes enfants ne sont plus. Si c'est le prix à payer pour que vous sauviez de la mort plusieurs milliers de citoyens arabes des États-Unis, ce sera une offrande à ce pays qui m'a accueilli. Si nous n'avions pas retenu votre amie contre son gré, jamais vous ne nous auriez écoutés. J'espère seulement que notre sacrifice ne sera pas vain.

Le vieil homme, qui semble avoir pris dix ans durant les dernières minutes, se lève et sort une mallette de cuir d'un coffre. Il la dépose sur les genoux de Tourignon et l'invite à l'ouvrir.

— Cette valise contient tout ce que mes enfants ont récolté sur l'activité de ce groupe qui se fait appeler GSA. Les noms de leurs membres, des photos, des renseignements sur leurs cibles et la liste de leurs déplacements récents. Nous n'avons malheureusement pas réussi à intercepter la livraison de l'anthrax.

— Ils n'ont pas l'anthrax, déclare Tourignon. Nous l'avons détruit et l'avons remplacé par une poudre inoffensive. Ils le savent à l'heure actuelle. Espérons que cela mettra fin à leurs activités. Vous voyez, vous n'étiez pas seuls à travailler pour arrêter ces gens. Mais je suis toujours convaincu que vous auriez dû prévenir le FBI plutôt que de faire cavalier seul. Maintenant, je crois qu'il est temps de libérer votre prisonnière.

— Je l'invite à monter à l'instant. J'aimerais cependant que vous me laissiez enterrer mes morts avant que je ne me livre aux autorités. Je crois que c'est un minimum de respect à leur rendre.

Quelques minutes plus tard, Annie est introduite dans l'appartement par une femme voilée. Steve prend sa jeune amie dans ses bras et la serre très fort. Puis il l'éloigne et la détaille, à la recherche de blessures ou d'ecchymoses qui pourraient incriminer davantage ses ravisseurs. La jeune femme sourit et le rassure :

— Ça va, Steve, ils m'ont bien traitée. Pardonne-moi de t'avoir inquiété, mais c'était la seule façon de vous obliger à les écouter. Par contre, je te jure, ajoute-t-elle avec un air espiègle, que c'est la dernière fois que je me fais enlever.

Steve sourit en secouant la tête. Non, ce n'est certainement pas la dernière, mais cette fois, au moins, l'aventure se termine sans conséquences graves.

— Qu'allons-nous faire pour eux ? demande encore Annie.

— Laissons Tourignon s'occuper de ça, d'accord ? Dès que j'aurai rencontré Marc Therrien pour lui remettre l'argent de

l'échange, notre part du contrat sera com-
plétée, conclut-il en saluant le vieux Libanais
et en quittant à la hâte l'appartement surchauffé.

Le motel Sun Inn, où Steve avait conduit
Marc après son altercation avec ses deux
créanciers, se révèle plus miteux que le
policier l'avait remarqué la première fois : la
peinture pèle sur les murs, les mauvaises
herbes envahissent l'asphalte du stationnement, et la piscine vide fait une tache au
milieu de la cour en friche. Steve se gare un
peu à l'écart, du côté opposé de la chambre
de Marc, près de la voiture de Tourignon. Le
Français n'a pas déployé la grosse artillerie
aujourd'hui : seuls quelques agents sont
présents, que ses plus proches collaborateurs.
Depuis le cafouillage de l'échange, alors que
l'intervention tardive des policiers a presque
réduit à néant des mois d'enquête, Tourignon
a décidé d'intervenir avec le minimum de
personnel. Annie, qui a insisté pour être
présente sur les lieux, doit attendre Steve dans
la voiture de Tourignon. Elle ronge son frein,

furieuse d'être encore une fois mise à l'écart. Elle sait maintenant pourquoi elle ne «sentait» pas cette affaire. La trop grande confiance que Steve avait en Marc ne lui disait rien de bon.

— Je me retiens à deux mains, Steve, pour ne pas te dire «je te l'avais dit», mais j'espère que tu apprendras à te méfier du «pauvre gars qui essaie de s'en sortir». Marc nous a monté un méchant bateau, et la seule chose que je regrette, c'est qu'il sera extradé au Québec, où il aura à purger une sentence bonbon. Je ne crois pas que les terroristes, même nord-américains, soient très bien traités dans les prisons d'ici.

Steve regarde son amie en se rappelant les nombreuses fois où il lui a tenu le même discours. Un sourire apparaît sur ses lèvres, et il réplique en l'attirant vers lui :

— Tu avais raison… cette fois. On est quittes maintenant.

— OK, les tourtereaux, lance Tourignon, c'est l'heure. D'après nos observateurs, Marc devrait être dans sa chambre. Steve, vous nous envoyez le signal dès qu'il a la valise entre les mains. Nous interviendrons à ce moment-là. S'il y a le moindre pépin : sortez. D'accord ?

Steve acquiesce et envoie un baiser aérien à Annie. Il s'installe au volant de sa voiture et se dirige lentement vers la chambre 86. Il prend soin de stationner un peu à l'écart, afin d'éviter que sa voiture ne se retrouve de nouveau sous les balles, si la situation dégénère. Il rit de lui-même à cette pensée. Non, Marc ne l'attend sûrement pas avec une mitraillette. Plutôt avec une bière et son air de «pauvre gars qui essaie de s'en sortir». N'en déplaise à Annie, il ne croit toujours pas Marc coupable de complicité volontaire, et cela malgré les preuves apportées par les Arabes. Il a donc l'impression d'être contraint de donner le baiser de Judas, ce qu'il fera en croisant les doigts, comme lorsqu'il était petit et qu'il devait dire ou faire une chose à laquelle il ne croyait pas. Le policier sourit à ce souvenir et croise ses doigts dans la poche de sa veste de cuir. Il cogne à la porte trois fois rapidement et deux fois lentement. Il attend quelques secondes et recommence son code, un peu plus fort. Aucun bruit dans la chambre. Steve tente de jeter un regard à travers la fenêtre, mais elle est voilée par un rideau opaque.

Quelques minutes plus tard, la porte est ouverte par le concierge, et les policiers constatent avec dépit qu'une ouverture a été percée dans le mur mitoyen entre la chambre et une pièce servant d'entrepôt. Marc s'est évanoui dans la nature.

11

La bête

Comme enveloppée dans un brouillard dense, Mariam Singer entend le conférencier terminer sa présentation sur l'organisation des mesures d'urgence en cas d'attentat terroriste. Les graphiques et les conclusions alarmistes restent à l'écran pendant que le chercheur quitte la scène sous les applaudissements réservés de l'assistance.

En se levant pour répondre à l'invitation de l'organisateur, Mariam a l'impression d'entrer dans l'arène du Colisée. *Il n'y manque, pense-t-elle avec un sourire crispé, que le sable et les feulements des lionnes qu'on a affamées pour les rendre plus agressives.* Tous les regards sont tournés vers celle qui remplace Jodie Martins, la reine des situations d'urgence biologiques. Et la jeune chercheuse sent sur tous les visages la question qui la hante depuis le téléphone de sa supérieure : qui suis-je pour convaincre des coordonnateurs de mesures d'urgence, des spécialistes en terrorisme biologique, des agents spéciaux du FBI et de la CIA[18], des médecins, des pompiers et des policiers que la bête qui séjourne en ce moment dans nos laboratoires peut facilement devenir aussi vicieuse que celle qui était responsable de la grippe espagnole de 1918 ?

Mariam avale difficilement sa salive avant de commencer d'une voix enrouée :

— Cette rencontre vise à vous informer des derniers développements en ce qui concerne la possibilité d'une menace bioterroriste à l'anthrax, et à vous permettre de vous préparer à cette éventualité. Je me nomme Mariam Singer. Je suis microbiologiste et responsable en second des laboratoires du Centre de contrôle des maladies infectieuses de Miami.

Un silence tendu mais intéressé s'installe dans l'auditorium. Mariam constate avec soulagement qu'aucun journaliste n'a été admis. Elle sait pertinemment que ce qu'elle va rapporter à cette audience, dont le travail

18. La Central Intelligence Agency, ou l'Agence centrale de renseignement.

est de gérer des crises et non d'en créer, pourrait être interprété de façon sensationnaliste et provoquer une panique monstre dans la population.

— Il y a onze jours, un conteneur en provenance d'Haïti est arrivé au port de Miami avec vingt cadavres à son bord, soit dix-neuf Haïtiens et un Français, tous décédés du charbon pulmonaire. Cette forme de la maladie du charbon est la plus grave, car elle entraîne la mort dans quatre-vingt-quinze pour cent des cas. Le douanier Derek White, qui a découvert les cadavres, a immédiatement été traité par antibiothérapie, ce qui aurait dû améliorer ses chances de survie. Malheureusement, nous venons d'apprendre qu'il est décédé il y a trois jours d'une forme encore plus fulgurante de la maladie.

Une main se lève dans l'assistance. La question vient d'un homme en complet bleu marine assis dans la première rangée.

— Bonjour, je me nomme Brendon Smith. Je suis pharmacien. Comment expliquez-vous son décès, malgré l'utilisation précoce des antibiotiques ? Serions-nous en présence d'une « superbactérie » ?

Un murmure s'élève dans la salle. Chacun sait qu'au cours des dernières années, l'utilisation abusive des antibiotiques a créé des bactéries résistantes à tout l'arsenal antibactérien. Ce phénomène équivaut à un bond de soixante ans en arrière dans le traitement des infections. Un retour à l'époque précédant la découverte de la pénicilline, alors que les patients mouraient d'une simple bronchite ou d'une pneumonie.

— Il semble heureusement que non, mais nous sommes à peu près certains que cette bactérie a dû muter pour atteindre une virulence aussi grande. Nous en reparlerons tout à l'heure si vous le voulez bien. Ma mission pour l'instant est de vous apprendre tout ce que vous devez savoir sur la bactérie responsable de la maladie du charbon pour que vous soyez en mesure d'interpréter les cas qui se présenteront peut-être à vous. Allons-y donc.

« L'anthrax, ou maladie du charbon, est une infection aiguë causée par *Bacillus anthracis*. Il est connu que cette bactérie produit des spores, c'est-à-dire qu'elle s'enveloppe sous une forme presque déshydratée dans une coque très solide qui lui permet de résister à des conditions défavorables. Les spores bactériennes peuvent alors survivre, dans la terre par exemple, durant des décennies entières sans causer de problèmes. Il suffit cependant que ces spores soient inhalées ou ingérées par un ruminant pour qu'elles redeviennent actives. Si la viande d'une bête ainsi infectée était consommée sans avoir été suffisamment cuite, l'infection pourrait se transmettre à l'homme. De même, la manipulation de la laine ou de la peau d'un animal contaminé peut transmettre la maladie du charbon à l'homme. On a dénombré peu de cas aux États-Unis, mais on en rencontre plus fréquemment dans les pays sous-développés. C'est pour cette raison que certains articles touristiques en provenance d'Haïti comme des tapis, des objets en cuir et des poupées vaudou ont été interdits d'importation.

Des rires fusent de la salle à l'évocation des poupées vaudou. Mariam sourit et attend quelques secondes avant d'entreprendre la partie plus sérieuse de sa présentation.

— La maladie peut se manifester sous trois formes : cutanée, intestinale ou pulmonaire. La forme cutanée représente quatre-vingt-quinze pour cent des cas de contamination, mais c'est aussi la plus facile à guérir par des antibiotiques. Non traitée, elle peut causer la mort dans vingt pour cent des cas. La forme intestinale se guérit aussi avec des antibiotiques, mais elle peut occasionner la mort dans vingt-cinq à soixante pour cent des cas. La forme qui nous intéresse plus particulièrement aujourd'hui est le charbon pulmonaire. Elle est plus rare, compte tenu du fait que la personne doit être exposée à environ trois mille spores pour être contaminée. Elle est cependant plus difficile à déceler parce que ses symptômes initiaux sont facilement confondus avec ceux de la grippe ou du rhume. Comme je vous le disais tout à l'heure, l'antibiothérapie doit commencer très tôt pour être efficace.

Mariam se dirige vers le tableau et y dessine une forme plus ou moins ronde, la bactérie, et trois flèches partant de celle-ci.

— Dès le début de l'infection, la bactérie produit trois protéines. La première sert de tunnel pour infecter la cellule hôte. Ce tunnel permet l'introduction des deux autres protéines. L'une d'elle, le facteur d'œdème, provoque l'accumulation de liquide au site d'infection et l'inhibition de certaines fonctions immunitaires. L'autre, le facteur létal, tue la cellule hôte ou l'empêche de fonctionner normalement. L'antibiotique administré au début de l'infection agira efficacement contre la bactérie, mais n'aura aucun effet sur les protéines toxiques sécrétées, d'où l'importance d'une détection immédiate en cas de contamination pulmonaire. Si l'infection n'est pas traitée à temps, du liquide s'accumule dans la cavité médiastale, l'espace entre les deux poumons, ce que l'on peut mettre en évidence grâce à une radiographie pulmonaire. À ce moment-là, la victime éprouve des difficultés respiratoires importantes, et la mort survient rapidement.

« Maintenant, nous devons nous poser la question suivante : sommes-nous en présence d'une éclosion naturelle et restreinte de la maladie qui se résorbera d'elle-même ou avons-nous affaire à une contamination provoquée par un groupe terroriste ? Le conteneur en provenance d'Haïti transportait dix pots de terre dont l'un s'est révélé contenir le bacille du charbon. La quantité de spores n'était cependant pas suffisante pour être dangereuse. De plus, aucun cas récent de la maladie n'a été signalé par les autorités sanitaires d'Haïti, mais cela n'exclut pas que les vingt victimes aient pu être contaminées et asymptomatiques avant leur entrée dans le conteneur.

« Je vous rappelle que cette maladie n'est pas transmissible d'une personne à l'autre, mais le CDC a classé *Bacillus anthracis* comme

223

agent bioterroriste de catégorie A, c'est-à-dire qu'il présente une menace extrême pour la sécurité nationale à cause de la facilité de dissémination par les spores, du taux élevé de mortalité ou de maladie grave, et de son potentiel pour générer la panique dans la population.

Mariam s'interrompt le temps de prendre une gorgée d'eau. Une femme dans la troisième rangée en profite pour poser sa question :

— Mais *Bacillus anthracis* existe dans la nature depuis que le monde est monde. Il y a toujours eu des animaux atteints, et des troupeaux abattus pour empêcher sa propagation. Un peu comme avec la grippe aviaire, la spongieuse du mouton ou la maladie de la vache folle. Pourquoi pensez-vous que cette bactérie intéresserait particulièrement des terroristes ? Pourquoi n'utiliseraient-ils pas le virus Ebola, celui de la grippe espagnole, de la peste ou je ne sais quelle bestiole aussi virulente ?

Mariam se crispe en entendant le nom d'Ebola, le virus hémorragique probablement le plus contagieux et le plus redoutable de la planète. Celui qu'elle redouterait d'affronter, malgré ou peut-être à cause de sa formation de microbiologiste. Elle n'en laisse pourtant rien paraître et continue sur le même ton :

— N'oubliez pas que l'arme bactériologique utilisée ne doit pas contaminer celui qui la manipule, ce qui exclut les candidats que vous citez. Les critères requis pour qu'une bactérie puisse devenir une arme biologique ont été définis par Theodore Rosebury en 1949. Je vous en énumère quelques-uns : la bactérie doit provoquer rapidement une affection grave, incapacitante ou mortelle. La maladie doit être peu contagieuse, et des protections doivent exister pour l'attaquant, comme des vaccins, l'antibiothérapie, des vêtements protecteurs, mais ceux-ci doivent être difficiles d'accès pour la population ciblée par l'attaque. La bactérie doit demeurer stable durant sa fabrication, le stockage et le transport, elle doit supporter la chaleur, la lumière, la sécheresse, l'explosion ou l'aérosolisation, c'est-à-dire sa combinaison avec un gaz pour favoriser sa dispersion. Finalement, elle ne doit pas coûter cher à produire. *Bacillus anthracis* est l'exemple parfait de l'agent bactériologique militarisable, car il répond à l'ensemble des critères de Rosebury.

Après une description aussi explicite qu'atterrante de l'ennemi, le silence se fait lourd dans la salle. Tous comprennent maintenant que *Bacillus anthracis* est une bactérie plus dangereuse qu'elle n'en a l'air. Surtout lorsqu'elle se retrouve entre les mains d'un groupe terroriste.

— S'agit-il de la même souche que celle qui avait été utilisée lors de la crise des Postes? demande un participant.

— En effet, il s'agit de la souche Ames, à une modification près cependant, une mutation dans la séquence codante, ce qui pourrait expliquer son action fulgurante. Cette mutation est-elle survenue naturellement? La souche a-t-elle été manipulée en laboratoire? Nous ne pouvons le dire encore. Pour cela, il faudra séquencer le génome entier de la bactérie et le comparer aux séquences connues afin de déterminer si la souche contient des séquences modifiées d'ADN. Cela prendra plusieurs semaines. La seule certitude que nous ayons pour l'instant est que les antibiotiques ne sont pas efficaces parce que l'étape d'infection est plus rapide que d'habitude. L'antibiothérapie préventive sera peut-être la seule façon de contrer cet ennemi, en attendant de trouver un traitement contre les toxines elles-mêmes.

Le pharmacien lève de nouveau la main.

— Excusez-moi, mais je m'inquiète à l'idée que les antibiotiques soient si peu efficaces. Croyez-vous que des terroristes pourraient tenter de se procurer cette souche plus virulente et de la produire en quantité suffisante pour infecter de milliers de personnes ?

— S'ils disposent de laboratoires, de fermenteurs à bactéries et d'un minimum de connaissances, oui, c'est possible. Mais ils doivent d'abord mettre la main sur la souche, qui n'est conservée, à ma connaissance, que dans quelques laboratoires interdits au public et très bien protégés.

— Mais elle peut aussi se trouver dans le laboratoire de celui qui l'a produite.

— Si cette souche n'est pas d'origine naturelle, bien sûr.

— Et si, par malheur, insiste le pharmacien visiblement inquiet, les terroristes disposaient de la souche et d'un tel laboratoire, pourraient-ils utiliser leur culture immédiatement ou devraient-ils lui faire subir d'autres modifications pour qu'elle devienne une arme biologique ?

— Heureusement, peu de terroristes ont les connaissances nécessaires pour « armer » les bactéries et les rendre vraiment efficaces. Pour infecter l'humain, les spores doivent être suffisamment petites, à savoir moins de cinq microns[19], et être hautement concentrées, car plus de trois mille spores doivent être inhalées. Il y a donc suffisamment de conditions pour décourager les terroristes du dimanche.

Mais Mariam ne précise pas que, théoriquement, un gramme de cette poudre contient suffisamment de spores pour contaminer plusieurs millions de personnes. Elle conclut sa présentation avec le sentiment mitigé d'avoir livré l'information, tout en se demandant si elle n'a pas simplement fait grimper le sentiment d'insécurité d'un cran.

Matthew attend devant l'appartement, sa valise neuve posée devant lui. Il porte un jean délavé et un chandail à manches longues élimé aux coudes. Jamais sa mère ne l'aurait laissé partir habillé de la sorte. Mais voilà, sa mère n'est pas là, comme d'habitude. Cette fois, c'est une conférence à Atlanta. D'autres fois, c'étaient des réunions extraordinaires au CDC ou encore des expériences à terminer,

_____
19. Un micron représente un millionième de mètre.

parce qu'elle travaille avec du vivant qui ne fait pas du «neuf à cinq», comme elle le lui rappelle sans cesse. Il ne lui en veut pas vraiment de son absence, encore cette fois, mais il aurait aimé avoir l'occasion de lui faire comprendre qu'il n'a pas envie de revoir son père. Il repense en souriant au plan qu'il a mijoté pour décourager à jamais son paternel de renouveler son invitation. Plan qu'il a intitulé «Ado 101».

Le soleil tape fort, et il ajuste sa casquette de côté pour avoir l'air déplaisant. Il a bien un peu chaud avec ses vêtements longs, mais cela aussi est voulu. À treize ans, ses glandes sudoripares n'ont jamais été aussi actives, et il compte bien sur elles pour la phase «pas de douche en fin de semaine». Les voitures passent sur la rue sans s'arrêter. Son père est en retard.

Enfin, une voiture aux vitres teintées se gare devant lui. Un homme, inconnu du garçon, la quarantaine avancée, en sort. Il arbore un sourire aux dents éclatantes sous son chapeau de cow-boy et ses lunettes de soleil. Immédiatement, l'image d'un requin vient à l'esprit de l'adolescent.

— Salut, tu es bien Matthew, le fils de Mariam Singer?

— Vous venez de la part de mon père ?

— Oui, oui ! C'est ça. Si tu es prêt, on y va.

Le jeune garçon est tout de même déçu que son père ne se soit pas déplacé pour venir le chercher, mais, surtout, il enrage de ne pouvoir appliquer la première phase de son plan, dite « le silence dédaigneux ». Il s'assoit à l'arrière, à côté d'un autre homme, en habit, cravate et lunettes de soleil. Ce dernier le regarde à peine. Il fouille un moment dans un sac à ses pieds. Le cow-boy s'installe au volant et démarre.

Mal à l'aise, Matthew attend que quelqu'un lui adresse la parole, mais les deux hommes semblent l'ignorer. Il songe que son père a de bien étranges fréquentations, et que son commerce de motocyclettes est peut-être une façade pour des activités criminelles. Aussitôt, son imagination se met en branle, et il se voit assister son père, un mafioso renommé et craint, dans une série de règlements de compte à la mitraillette. Il imagine la tête de son copain Bill lorsqu'il lui racontera sa fin de semaine par le menu, le lundi suivant, comme si c'était la chose la plus naturelle du monde.

La voiture roule quelques minutes, puis s'engage dans un tunnel. Tout s'assombrit.

Une odeur étrange se répand dans l'habitacle. Au même moment, l'adolescent sent qu'on lui applique un morceau de coton sur le nez et la bouche. Il se débat en suffoquant, mais une poigne de fer le retient. Bientôt, le chloroforme produit son effet, et, les larmes aux yeux, Matthew Singer Brenner s'enfonce dans un profond sommeil ouaté.

À quelques kilomètres de là, Tom Brenner gare sa vieille décapotable devant l'appartement de son ex-conjointe. Elle lui a expliqué qu'elle ne serait pas là, mais que Matthew l'attendrait sur le trottoir. Tom se regarde dans le miroir, replace une mèche et fait la grimace. Décidément, il a rarement été aussi nerveux. Sur le siège arrière, un sac d'épicerie avec des croustilles, des boissons gazeuses et une cassette vidéo du plus récent film d'action.

Le garçon n'est pas là. Tom regarde sa montre : quinze minutes de retard. Il se dirige vers la cabine téléphonique située au coin de la rue et compose le numéro de l'appartement. Il laisse un premier message, puis un second, dix minutes plus tard. Il va s'asseoir sur un banc en surveillant l'entrée. Lorsqu'il voit un résident ouvrir la porte de sécurité, il réussit à se faufiler en même temps, pestant à haute voix contre les jeunes adolescents qui ne se présentent pas à leurs rendez-vous. Il monte au quatrième étage du complexe d'habitation et il cogne à la porte de l'appartement avec insistance. Pas de réponse. Il laisse un dernier message sur le répondeur de Mariam avant de quitter le centre-ville.

Exténuée par son voyage à Atlanta et par le stress de la semaine qu'elle vient de vivre, Mariam Singer s'enfonce dans son fauteuil préféré. Sa valise, un sac contenant un gilet de l'Université d'Atlanta et un ballon de football à l'effigie de leur équipe, ainsi que d'autres surprises pour Matthew, traînent près de la porte. L'appartement lui paraît bien vide sans son fils. Tom doit le ramener ce soir, après le souper.

Lorsque son ex-mari est réapparu dans leur vie, après cinq ans d'absence, elle a d'abord eu le réflexe de l'ignorer. La blessure de son départ avait été longue à cicatriser, et Mariam, qui ne voyait pas d'avenir à leur relation, lui avait clairement dit que sa présence n'était pas souhaitée. Mais l'homme avait exprimé le désir apparemment sincère de revoir son fils, avec l'éventuel projet de partager sa garde avec elle. Elle avait finalement accepté, convaincue que son garçon, solitaire et renfermé, arrivé à l'âge d'entrer dans le monde troublant de l'adolescence, avait besoin d'un modèle masculin. Oui, elle avait apprécié l'idée de la liberté que lui procurerait ce tout nouveau partage des responsabilités, mais elle ne savait pas si elle parviendrait à s'habituer à ces départs et, ces arrivées, aux valises omniprésentes, et surtout à l'absence de son fils. *Oh! et puis,* conclut-elle, *la décision reviendra à Matthew. S'il veut revoir son père, je serais bien folle de l'en empêcher.*

Elle se lève pour aller à la cuisine lorsqu'elle remarque le voyant du répondeur clignoter. Une pointe d'inquiétude la taraude un moment, mais elle se rassure. C'est probablement Bill, le meilleur ami de son fils. À moins que le message soit de son ex-conjoint, qui veut des conseils pour composer avec son adolescent.

En souriant à cette pensée, elle se sert une bière, remplit une assiette de craquelins, de cubes de fromage et de raisins, puis elle retourne s'asseoir. Elle prend une longue gorgée et se décide à appuyer sur la touche des messages.

« Matthew, réponds-moi si tu es là. C'est moi, ton père, euh… Tom. Je t'attends en bas depuis quinze minutes. »

« Matthew, je te laisse encore dix minutes. Je te demande de répondre, s'il te plaît… »

Mariam s'est rapprochée du répondeur, intriguée par le duel que se livrent Tom et Matthew, un Matthew manquant ou qui ne veut pas répondre à son père… Au fond, elle comprend la réaction de son garçon. Le message suivant est toujours de Tom, mais l'homme, de toute évidence, déverse sa colère sur son ex-conjointe :

« Mariam, ton fils est un irresponsable ! Nous avions une entente ! Moi, j'ai respecté ma part du contrat. Si ton gamin ne tient pas ses promesses aujourd'hui, comment crois-tu qu'il le fera à l'avenir ? Tout ce que j'espère, c'est que tu n'es pas derrière ça, parce que là, je vais devenir très méchant. Et tu ne sais pas ce que je peux faire lorsque je suis en colère. Je n'ai pas peur d'aller devant les tribunaux. J'ai des avocats qui peuvent facilement t'enlever la garde de Matthew, ne l'oublie jamais ! »

La fin du message remplit la pièce de sa menace. Un nœud dans la gorge, la microbiologiste se force au calme. Son fils n'est pas allé chez son père, conclut-elle en pensant que c'est peut-être Matthew le plus intelligent des deux. Il a compris, d'instinct, que Tom n'a pas vraiment changé depuis le jour où il les a abandonnés. Mais si les avocats de Tom entament des procédures pour lui enlever la garde de son fils, elle risque de tout perdre : son enfant et sa raison de vivre.

Mariam se secoue vivement. Non, se dit-elle, ce n'est pas le temps de s'enfoncer dans un pessimisme dévastateur. Elle ne veut pas revivre la culpabilité qui l'a menée au bord de la dépression cinq ans plus tôt. Quitte à s'endetter pour le restant de ses jours, elle se paiera le meilleur avocat de Miami et elle gardera Matthew.

Mais pour l'instant, elle doit régler une question : où son fils a-t-il bien pu passer les deux derniers jours ? Chez son copain Bill ? C'est sûrement cela, pense Mariam en posant la main sur le téléphone, prête à s'en assurer. C'est à ce moment qu'elle se rend compte qu'il reste un dernier message enregistré sur la bande du répondeur. Une voix masculine inconnue de la jeune mère envahit l'appartement :

« Madame Mariam Singer, votre fils, Matthew, est avec nous. Il ne lui sera fait

aucun mal tant que vous suivrez nos direc-
tives. Vous ne devez parler de ceci à personne,
et surtout pas aux policiers. Si vous n'obéissez
pas, votre fils souffrira. Nous vous télépho-
nerons pour vous dire quelles sont nos exigences. D'ici là, demeurez chez vous et ne
nous obligez pas à maltraiter votre fils,
sinon…

— Maman, ne me laisse pas entre leurs
mains, je t'en prie ! Aaaahhhh !

— …ce cri pourrait être la dernière chose
que vous entendrez de votre enfant… »

Debout devant son répondeur, Mariam
Singer sent son cœur se serrer au point de
l'étouffer. L'air lui manque, et les murs dan-
sent autour d'elle. Assommée, elle scrute le
salon comme si son fils pouvait y être dissimulé, sous les coussins, derrière les rideaux.
Fébrilement, elle fait le tour de son petit quatre
pièces. Elle appelle Matthew comme lorsqu'il
avait cinq ans et qu'il s'amusait à se cacher
pour lui faire peur. Seul le silence répond à
sa plainte. Les murs de son appartement se
liquéfient soudain autour d'elle, et l'horreur
se fraie un chemin douloureux jusqu'à son
cœur de mère : son fils, la chair de sa chair,
a été enlevé.

Maintenant qu'Annie est saine et sauve, et que la pression du côté arabe est relâchée, Steve reporte son attention sur son chien. Sa visite à l'hôpital vétérinaire ne s'annonce pas aussi rassurante qu'il l'aurait souhaité. Donut est toujours plongé dans un sommeil médicamenteux. Relié à un respirateur et à un appareil qui mesure en permanence ses signes vitaux, l'animal est toujours en danger, mais son état est stable. Un sérum d'antibiotiques et de glucose est instillé par intra-veineuse dans son corps fiévreux. On craint de ne pas réussir à contrôler l'infection qui s'est installée dans son poumon gauche, perforé par une balle.

Steve reste un long moment au chevet du chien, à lui caresser les oreilles, lui murmurant des paroles apaisantes. Toutes les années où ils ont été partenaires reviennent à la mémoire du policier. Il revoit Donut à son arrivée à l'escouade canine, alors qu'il n'était qu'une boule de poils aux trop longues pattes, le nez reniflant le sol avec attention, classant selon son code personnel les pistes olfactives le menant vers son jouet caché, puis vers son premier disparu ; puis, plus récemment, vers

Annie, qu'il a sauvée du scalpel du savant fou. *Donut est vraiment un partenaire sans pareil*, songe le policier, *mais en pense-t-il autant de moi ?* Steve n'a même pas été capable de protéger la vie de son chien. Pire, il l'a entraîné dans une situation où l'animal n'avait pas sa place. Donut sera probablement son seul et dernier équipier à quatre pattes, car Steve est convaincu de ne pas en mériter un autre.

Il essaie de se faire à l'idée qu'il devra peut-être donner son consentement pour faire euthanasier Donut si l'état de l'animal ne s'améliore pas. Le vétérinaire lui a dit que le chien pouvait demeurer longtemps dans ce semi-coma, et la facture est déjà très salée, même si elle est en grande partie payée par le département de police de Miami. Le cœur serré, Steve quitte la clinique.

— Comment ça, vous n'allez rien faire ? s'exclame Annie, révoltée.

— Ce n'est plus de notre ressort, explique Steve, sans relever la tête de son journal.

— Si je comprends bien, tout ce que j'ai subi depuis que nous sommes ici n'a servi à rien ? Et tout ce que ces Arabes ont investi pour filer leurs ennemis, sans oublier leurs morts, le vieil homme qui risque la prison pour avoir tenté de protéger les membres de sa communauté, tout ça aura été inutile ?

— Ne t'imagine pas que les agents du FBI et d'Interpol se sont croisés les bras. Les numéros de téléphone, les adresses, les photos des membres, tout a été examiné à fond. Les informations que leur ont données les Arabes sont inutilisables.

— Inutilisables ? Permets-moi de ne pas être de ton avis, Steve, car je trouve que ces Arabes étaient plutôt efficaces dans leurs recherches. Grâce à leur filature, ils ont quand même retrouvé Marc et son contact avant que la livraison ne se fasse. À deux reprises, ils ont réussi à m'enlever, et nous sommes policiers, toi et moi. Ils ont toujours été présents sur place lorsque les échanges ont eu lieu. Le FBI aurait peut-être quelque chose à apprendre de ces gens-là.

— Ne monte pas sur tes grands chevaux. Ils continuent l'enquête, mais sans nous. N'est-ce pas ce que tu voulais, un peu de tranquillité ? Nous retournerons au Québec dès que Donut pourra être transporté.

— J'ai fait une promesse à cette famille, ajoute Annie d'un air farouche. Je leur ai promis que, si les forces policières ne les aidaient pas, j'allais le faire moi-même. Ce qu'ils m'ont raconté m'a prouvé que leur cause est justifiée, même s'ils ont cherché à la servir en négligeant la voie officielle.

— Et que pense faire la célèbre détective Jobin? demande Steve, reconnaissant dans son regard la «Annie des grands jours».

— Je ne sais pas encore, avoue-t-elle. Mais je ne resterai pas là à me faire bronzer sur la plage alors que des terroristes préparent leur coup.

— Qu'est-ce qui te fait dire qu'ils n'ont pas abandonné leurs projets? Non, non, ne me le dis pas, je le sais: ton intuition. C'est ce qui t'a toujours poussée à t'investir pour le bien d'autrui. De toute façon, la prochaine attaque au charbon n'est pas pour demain. Les laboratoires où le GSA pourrait s'approvisionner en anthrax sont surveillés de très près, et, d'ici là, le FBI va les coincer, ne t'en fais pas.

— J'admire ta confiance envers les autorités policières, Steve, mais ce ne serait pas la première fois que tu te ferais berner, dans cette histoire. Tu me reproches mon intuition, mais ton amitié pour Marc t'empêche d'ouvrir les yeux.

— Coup bas, Annie. J'ai déjà admis cette erreur.

— Alors, avoue donc que le FBI et Interpol ont indûment clos l'affaire.

— Présente des arguments valables et peut-être que l'affaire sera réouverte, conclut Steve avec un sourire en coin.

Il ne le dira jamais devant Annie, mais il est heureux de retrouver sa fougueuse partenaire, même si cela signifie que des problèmes sont au menu.

Il est vingt heures. Depuis son retour d'Atlanta, en fin d'après-midi, Mariam attend que les ravisseurs de son fils se manifestent. Sa main est crispée sur le bras du fauteuil avec une telle force qu'elle doute de pouvoir l'en détacher pour répondre au téléphone. Elle ne croyait pas que l'attente pouvait faire si mal. C'est comme si on lui arrachait la peau morceau par morceau, lentement, très lentement, pour entretenir la douleur.

Mariam secoue la tête, reconnaissant à peine la pièce où elle vit depuis cinq ans. Elle ne croyait pas pouvoir s'enfoncer aussi rapidement dans la folie, elle qui a toujours démontré une telle force de caractère, elle qui a traversé tant d'épreuves sans recourir à des médicaments ou à des thérapeutes. Elle se croyait solide. Or, il a suffi d'un simple appel téléphonique, du cri d'un enfant qu'on torture, pour briser sa si grande et si inutile détermination. Elle dira « oui » à tout, à n'importe quoi, pourvu qu'il n'arrive rien à son bébé.

Tout à coup, le téléphone se met à sonner dans le silence de l'appartement. La jeune femme est incapable de bouger. À chacun des éclats de la sonnerie, sa panique monte d'un cran. Jamais elle ne réussira à prendre le récepteur, et, pourtant, la vie de son fils dépend de ce mouvement insignifiant. Elle agite soudainement sa main ankylosée et heurte du même coup la base du téléphone, qui atterrit sur le plancher dans un bruit sourd. La sonnerie s'interrompt. Mariam se précipite à genoux et hurle dans le combiné :

— Ne raccrochez pas, s'il vous plaît, ne raccrochez pas…

— Madame Singer ?

— Oui, c'est moi !

— Vous n'avez téléphoné à personne ?

— Non, je vous le jure.

— C'est très bien. Continuez de collaborer, et il n'arrivera rien à votre fils.

— Je veux lui parler, murmure-t-elle dans un souffle, la gorge crispée.

— Plus tard, si vous le méritez. Voilà maintenant ce que vous allez faire : vous retournerez ce soir à votre laboratoire, où vous inoculerez une culture de la nouvelle souche de *Bacillus anthracis,* celle que le CDC a prélevée sur les cadavres du conteneur et sur laquelle vous avez travaillé. Nous exigeons que, d'ici une semaine, dix grammes de spores du bacille purifié et de taille inférieure à cinq microns soient prêts à nous être livrés en échange du petit. Vous n'avez pas intérêt à parler de cela à quiconque ou à essayer de nous berner, par exemple en remplaçant la souche par une autre. Ni à lésiner sur la qualité, car nous avons les moyens de la vérifier. De toute façon, vous savez qui paierait le prix de votre négligence...

Déformée par un cri de douleur, la voix de son fils l'implore :

— Fais ce qu'ils te demandent, maman, je t'en supplie !

— Matthew ! Matthew !

La ligne est coupée. Mariam regarde le téléphone devenu inutile. Le téléphone qui la reliait à son fils, qu'on torturera s'il elle n'obéit pas. Que lui a donc demandé le ravisseur ? De l'anthrax purifié et armé. Dix grammes ! Impossible ! Cet homme ne sait certainement pas que dix grammes représentent environ quatre-vingts milliards de cellules. Ou alors, c'est qu'il veut faire des millions de victimes en répandant les spores. Des millions d'inconnus. En échange de la vie de son fils. Elle a l'impression d'étouffer sous un raz-de-marée de cadavres. Puis l'image de son fils revient avec force. Ses milliards de cellules à lui demandent grâce à ses tortionnaires. L'esprit soudain très clair, Mariam prend sa décision. Elle obéira. Elle n'a aucune autre possibilité. Elle est responsable de son fils et elle seule peut le sauver.

12

Laboratoire P3

— Bonsoir, monsieur Robson ! dit Mariam en exhibant sa carte d'identité au gardien de sécurité du centre de recherche du CDC.

— Vous travaillez bien tard, madame Singer... Et un dimanche à part ça !

— Les cellules vivantes n'ont pas d'heures de pause, vous savez. Elles ont leur propre patron.

— Un patron... vous voulez dire un tyran. Mais vous devriez peut-être travailler un peu moins, vous commencez à ressembler au docteur Frankenstein !

En d'autres temps, Mariam aurait ri de ce trait d'humour naïf, mais, ce soir, rien ne doit la détourner de son but. Elle affiche un sourire crispé et répond :

— Merci de vous inquiéter, mais je n'en ai que pour quelques heures. Je serai au laboratoire P3. J'aimerais que personne ne me dérange.

— À vos ordres, madame CDC, ajoute le surveillant en s'inclinant pour saluer Mariam.

La microbiologiste se dirige vers le laboratoire à haute sécurité où sont manipulés les organismes génétiquement modifiés et les pathogènes dangereux pour l'environnement ou la santé publique. Elle est heureuse de ne pas devoir travailler dans un laboratoire à sécurité maximum P4, là où sont manipulés les virus des fièvres hémorragiques de Lassa et d'Ebola, ainsi que le tout récent virus de Marbourg. Elle déteste revêtir le scaphandre étanche dont le port est obligatoire en P4, dans lequel elle a l'impression d'étouffer. Et cela sans compter la crainte constante de percer un gant ou d'écorcher sa combinaison. Non, comparé à cela, le P3, c'est presque de la petite bière !

Mariam compose le code d'accès et ouvre la porte du premier sas à pression négative. Un « pschiiit » se fait entendre alors que la pression s'équilibre dans les deux chambres. Ce mécanisme empêche la sortie vers l'extérieur de l'air qui aurait pu être contaminé par les agents pathogènes manipulés en laboratoire. Une fois à l'intérieur du premier sas, la microbiologiste met un masque facial et un calot. Elle traverse ensuite dans le deuxième sas, enfile un chausson, passe le pied en zone propre, enfile le deuxième chausson et se glisse complètement en zone propre. Elle se rappelle la première fois où elle a effectué cette gymnastique compliquée alors qu'elle avait dû s'y prendre à deux reprises, obligeant le personnel à nettoyer le sol où elle avait déposé son pied non chaussé. Depuis, entrer dans un laboratoire P3 est devenu un automatisme, et elle n'a plus besoin de réfléchir pour enfiler une première paire de gants en latex, une combinaison complète, un tablier, puis une deuxième paire de gants.

Réfléchir… C'est justement ce qu'elle s'interdit. Son cœur et son esprit sont devenus de glace depuis le dernier appel des ravisseurs, et penser à son fils permettrait à la douleur de se ranimer. Elle se laissera aller plus tard, peut-être cette nuit, pendant que les bactéries se multiplieront à toute vitesse dans le milieu de culture enrichi.

Elle se dirige vers le réfrigérateur. C'est là que sont entreposées les fioles contenant les cultures de départ des bactéries en observation.

Elle déplace deux supports, prend le troisième, hésite un moment, puis, presque à contrecœur, se saisit du dernier.

— Ne pas penser, ne pas laisser la chaleur revenir, se surprend-elle à répéter, comme un mantra.

Elle désinfecte à fond la hotte à flot laminaire[20] et dépose ses instruments : support à fioles, poires, pipettes de verre et quatre erlenmeyers[21] de trois litres, chacun rempli avec un litre de milieu de culture stérile. Elle juge qu'il est préférable de ne pas utiliser le fermenteur de vingt litres, car elle devrait alors fournir de nombreuses pièces justificatives et requérir l'aide d'un technicien pour effectuer les manipulations subséquentes. Et attirer l'attention est exactement ce qu'elle veut éviter.

Mariam s'assoit sur le tabouret et regarde son espace de travail. Il n'y manque rien, sauf peut-être le courage et le goût de vivre. Elle frissonne, malgré sa combinaison et ses gants, malgré les vingt-cinq degrés Celcius du laboratoire. La scientifique prend le support à fioles et sélectionne le tube CDC-BcAn1415.

---

20. Espace de travail où sont manipulés stérilement les cultures de cellules ou des produits toxiques.

21. Fiole conique à fond plat utilisée en laboratoire.

Elle l'agite doucement pour remettre en solution les cellules déposées au fond. La culture est encore belle. En d'autres temps, cela l'aurait réjouie, car elle ne compte plus les fois où elle a dû reporter une expérience au lendemain parce que ses cellules étaient lysées ou inutilisables.

La jeune femme secoue la tête pour chasser la vision de son fils, qu'on torture. Mais l'autre vision n'est guère plus réjouissante. Des cadavres par centaines dans la morgue de l'hôpital. Elle-même écrouée. La honte qui rejaillit sur Matthew… *Ne pas penser, surtout, ne pas penser…*

En tremblant, elle avance sa main vers la poire. Soudain, le téléphone sonne. Mariam sursaute comme si une bombe venait d'exploser à ses pieds. Elle avait pourtant demandé au gardien de ne pas être dérangée. Elle laisse sonner en retenant son souffle, mais la sonnerie continue, inlassable, rythmée comme le supplice de la goutte. Contrariée, elle se lève et, entourant le combiné avec une serviette en papier pour ne pas le contaminer, elle décroche en hurlant :

— J'avais demandé à ne pas être dérangée !

— Je vois, madame Singer, que vous êtes déjà au travail, prononce une voix très calme qui refroidit immédiatement l'agressivité de Mariam. C'est très bien !

— Laissez-moi parler à mon fils, supplie-t-elle avec un filet de voix. J'ai fait ce que vous m'avez demandé.

— Il vient de s'endormir. Ce serait dommage de le réveiller, après la dure journée qu'il vient de subir. Vous ne trouvez pas ?

— Comment voulez-vous que je travaille convenablement sans savoir s'il est encore vivant ?

— Je ne m'inquiète pas, vous trouverez la force. Je vous rappellerai demain.

— Pas ici, surtout ! Le lundi, le laboratoire est plein. Quelqu'un pourrait remarquer…

— Je saurai bien vous trouver, madame Singer.

Elle n'a aucun doute là-dessus. Le laboratoire ne figure sur aucune liste, aucun site Internet, aucun bottin téléphonique. Si le ravisseur a réussi à la joindre aussi facilement, c'est que quelqu'un a laissé filtrer l'information, ou a été forcé de la donner… Le désespoir au cœur, Mariam se réinstalle à sa hotte, et c'est au travers d'un voile de larmes qu'elle inocule ses milieux de culture avec la souche fulgurante de *Bacillus anthracis*.

Annie est assise dans un café Internet. Depuis une heure elle déchiffre des pages et des pages de données, cherchant à mieux comprendre l'arme que les terroristes veulent utiliser. Lorsque, ce matin, elle avait exposé son idée à Tourignon, il lui avait dit que les policiers de Miami, le FBI, Interpol et les spécialistes du CDC – ce qui faisait beaucoup de monde – avaient déjà envisagé toutes ces pistes. Et lorsqu'elle avait insisté, il lui avait carrément suggéré d'aller jouer dans d'autres plates-bandes. La jeune femme avait alors contenu sa colère de justesse. Puis, au lieu d'aller s'étendre à la plage pour profiter du soleil et de ses vacances, comme le lui avait suggéré Steve, elle avait entrepris de fouiller le réseau Internet à la recherche de preuves pour étayer sa thèse : les terroristes, n'ayant pu récupérer leur anthrax, iraient s'en procurer ailleurs. Et pourquoi aller en Russie alors que la souche était arrivée à Miami par l'intermédiaire des cadavres du conteneur ?

Cependant, Annie imagine difficilement les terroristes subtilisant des corps et tentant de purifier la souche, diluée parmi des milliers d'autres bactéries. Un travail de moine, sinon d'experts. Ses recherches l'ont convaincue que ce ne serait pas la bonne voie à suivre, car *Bacillus*, une bactérie préférant vivre à l'air, ne supporte pas plus de cinq jours l'environnement sans oxygène que constitue un corps en décomposition. Cela ne veut pourtant pas dire que la bactérie meure. Elle se met plutôt en état de veille sous forme de spore, attendant de meilleures conditions pour redevenir active. C'est pour cette raison que les victimes sont incinérées rapidement, car c'est la façon la plus efficace de venir à bout de cette peste qu'est la bactérie du charbon.

Annie se rappelle que l'article de journal annonçant la tragédie décrivait des employés du CDC sortant du conteneur avec des boîtes d'échantillons prélevés sur place. Des échantillons qui ont probablement été purifiés, identifiés et conservés au laboratoire du CDC. De plus, l'hôpital où a été traité le douanier doit aussi posséder de tels spécimens. Annie décide d'aller vérifier sur place, pensant que, si elle a pu faire le lien aussi facilement, les terroristes ont pu en faire autant. En quelques clics, Annie trouve l'adresse de l'hôpital universitaire Jackson Memorial de Miami, sur la 12ᵉ Avenue Nord-Ouest. Steve lui a laissé la voiture pour qu'elle puisse se rendre à la plage alors qu'il avait encore des affaires à régler avec Tourignon. *S'il savait!* s'amuse Annie.

À la réception de l'hôpital, elle demande à parler au responsable du laboratoire. Une demi-heure plus tard, elle est introduite au bureau du docteur Dariella Mathaos, une dame d'un certain âge à l'allure sévère. La jeune policière explique la situation et demande où sont gardés le corps de Derek White et les cultures bactériennes qui ont été faites de son vivant.

— Le corps a été incinéré immédiatement. Les échantillons identifiés par codes sont conservés dans des congélateurs, dans un laboratoire P3, puisqu'ils sont dangereux pour la santé publique. Nous les conservons un certain temps, puis nous en disposons de façon sécuritaire.

— Et à quel endroit sont notés tous ces codes?

— Dans l'ordinateur central, protégés par des mots de passe. Personne ne peut associer ces tubes à leurs propriétaires, excepté deux ou trois personnes qui y ont accès.

— Avez-vous vérifié récemment si les échantillons y étaient toujours?

— Si vous voulez insinuer, madame Jobin, que quelqu'un aurait pu les utiliser pour une autre finalité que le diagnostic ou la recherche, je vous le dis tout de suite, vous perdez votre temps. Ces échantillons sont en lieu sûr, et j'ai pleinement confiance en mon personnel.

— Pourriez-vous quand même vérifier? insiste Annie.

— Je n'en vois pas l'intérêt, décline la responsable.

— L'intérêt est pourtant grand, madame Mathaos. Si des terroristes décidaient de fabriquer leur propre stock de bacilles, ils devraient bien trouver la souche quelque part. Et elle n'est disponible qu'ici et au CDC. Alors si vous ne voyez pas l'utilité de faire cette simple vérification, je vais demander au FBI qu'on ferme votre laboratoire le temps de trouver la réponse à ma question…

Annie sait bien qu'elle n'a aucune chance de convaincre le FBI, qui a clos le dossier, mais elle a bluffé, espérant que ce serait suffisant pour convaincre la responsable du laboratoire. La dame soupire et, après un regard exaspéré à la policière, elle décroche le téléphone.

— Brondy ? Je suis désolée de te déranger dans tes manipulations. Je sais que tu es débordé, mais pourrais-tu passer à mon bureau le plus vite possible ?

— J'aimerais aussi, continue Annie, avoir la liste de tous ceux qui ont eu accès aux fichiers informatiques au cours des dernières semaines. Uniquement pour les échantillons du douanier, ajoute-t-elle avec empressement devant l'air effaré de madame Mathaos.

Une heure plus tard, Annie sort de l'hôpital. Elle est à la fois déçue de ne rien avoir trouvé et soulagée que les terroristes n'aient pas choisi cette façon de procéder. La responsable du laboratoire l'a assurée qu'elle surveillerait les échantillons de près, jusqu'à ce que le CDC lui permette de les détruire.

Annie consulte son carnet de notes. Elle biffe le nom de l'hôpital, puis fronce les sourcils. Lors de ses recherches sur Internet, elle n'a pu dénicher nulle part l'adresse du laboratoire du CDC. Elle s'installe donc à une cabine téléphonique et joint l'assistance-annuaire. Le téléphoniste est catégorique : il n'y a aucun laboratoire appartenant au CDC listé dans le bottin de Miami.

— Mais c'est impossible ! s'impatiente Annie. Le CDC a des laboratoires ici, j'en suis sûre. Mais peut-être ne sont-ils pas classés sous CDC ?

— Ni sous CDC ni sous Center for Disease Control. Peut-être sont-ils affiliés à d'autres laboratoires ou à des instituts de recherche ? suggère l'homme. Vous en aurez pour des heures à appeler tous les numéros du bottin. Je vous donne celui du siège social, à Atlanta. Ils pourront sûrement vous aider.

Annie note le numéro et remercie le téléphoniste. Elle sort sa carte d'appel et compose le numéro. Un message enregistré lui annonce une série d'options pour les différents départements et services à la clientèle. Personne en chair et en os ! De répondeurs en nouvelles options, elle se perd plus profondément dans les dédales de la maison mère du CDC. Au bout de quinze minutes, et alors que sa carte d'appel se vide dangereusement, Annie place enfin son premier mot :

— J'enquête avec le lieutenant Roger Tourignon, d'Interpol. Vous me mettez immédiatement en ligne avec le grand responsable du CDC et personne d'autre. Et surtout, pas de répondeur !

Quelques minutes plus tard, une voix fatiguée répond :

— Max Smith à l'appareil. On me dit que vous travaillez avec Interpol, que puis-je faire pour vous ?

Annie explique brièvement sa théorie et demande l'adresse du laboratoire où ont été analysés les échantillons provenant du conteneur du *El Marino*.

— La directrice du CDC de Miami est Jodie Martins, inspecteur Jobin. Leurs locaux sont situés près de l'Université de Miami, au sous-sol d'un petit restaurant nommé Cake n'Pie. Nous avons choisi cet emplacement pour éviter d'être importunés en période de crise. Madame Martins pourra vous rassurer sur la sécurité des lieux : n'entre pas qui veut, et les employés sont triés sur le volet. Il n'y a pas de terroriste parmi eux.

— Oh ! Ça ne fait aucun doute, s'empresse de répondre Annie. Mais, si je peux vous demander une faveur, gardez tout de même l'œil ouvert. Si quelqu'un demande des renseignements par rapport à ces cultures, ou si vous avez le moindre soupçon sur des gens qui se présentent à vos laboratoires ou qui y travaillent, je vous en prie, avisez immédiatement l'inspecteur Tourignon ou le FBI. Les terroristes chercheront peut-être un moyen de mettre la main sur la bactérie, et, alors, ce serait catastrophique.

— Je crois que vous en mettez un peu trop, détective Jobin. Il ne faudrait pas tomber dans la paranoïa.

— Il y a vingt et un cadavres qui vous le demandent, monsieur Smith. Je préfère être un tantinet paranoïaque que de voir augmenter le nombre des victimes à cause de notre négligence. Merci de m'avoir accordé votre attention, ajoute Annie en raccrochant.

Après avoir pris rendez-vous avec la directrice Jodie Martins, Annie se dirige vers le restaurant Cake n'Pie, situé un peu à l'extérieur du campus de médecine. Le resto est en fait une friterie pour étudiants. C'est l'heure du lunch, et l'établissement grouille de clients affamés. L'odeur de friture provoque une douloureuse crampe dans l'estomac vide d'Annie, qui décide tout de même d'attendre que la foule se soit dissipée avant d'entrer et de manger. Elle fait le tour du bâtiment. À l'arrière, elle remarque deux portes : une pour la réception des marchandises du restaurant, et l'autre, sans marque distinctive, dotée d'un lecteur de cartes magnétiques. Un interphone permet de communiquer avec l'intérieur. *N'entre pas qui veut*, constate Annie avec soulagement. Elle appuie sur le bouton. Après quelques secondes d'attente, une voix lui demande de s'identifier :

— Détective Annie Jobin, je travaille avec Roger Tourignon, d'Interpol. J'ai rendez-vous avec la docteure Jodie Martins.

— Un instant… Oh ! Elle a dû s'absenter pour une urgence. Elle a demandé que vous rencontriez la docteure Singer, mais celle-ci ne sera libre que vers treize heures trente.

Annie soupire en consultant sa montre. Il est midi trente.

— Bon ! Je vais prendre une bouchée au Cake n'Pie. Prévenez madame Singer que je serai là à treize heures trente précises.

Depuis ce matin, Mariam Singer occupe seule le laboratoire P3. Vers neuf heures, elle en est sortie pour s'enquérir de l'emploi du temps de ses collègues, mais personne, à son grand soulagement, n'avait d'analyse microbiologique à effectuer dans la zone stérile P3. Elle reprend son travail avec la désagréable sensation d'être dans la mire du kidnappeur de son fils.

Elle examine d'abord soigneusement la culture en microscopie optique. Celle-ci lui apparaît comme une série de bâtonnets immobiles typiques de *Bacillus*, sans trace d'autres bactéries contaminantes. Après avoir effectué une coloration de Gram, elle inocule quelques milieux de culture solides qu'elle observera dans quelques jours. Elle sait que ces procédures sont très sommaires, et qu'elles ne lui permettront pas de vérifier de manière absolue l'identité de sa bactérie, mais c'est tout ce qu'elle peut faire pour le moment. Elle pourrait attendre et analyser la bactérie au niveau moléculaire pour s'assurer hors de tout doute qu'il s'agit bien de la « fulgurante ». *Mais à quoi bon ?* pense-t-elle amèrement. *Les ravisseurs de Matthew se chargeront de me dire si je me suis trompée…*

Elle se rappelle à l'ordre et ouvre son premier erlenmeyer. Elle enclenche la sporulation en ajoutant un litre d'une solution très diluée, ce qui appauvrit le milieu de culture. Le lendemain et les jours suivants, elle devra centrifuger les spores obtenues afin d'éliminer tout le liquide, puis les déshydrater et les passer dans un tamis très fin. Cette étape est essentielle pour armer les spores, c'est-à-dire les rendre suffisamment petites pour qu'elles puissent infecter les minuscules bronchioles terminales, à l'endroit même où s'effectuent les échanges gazeux avec le sang.

La microbiologiste regarde sa montre en fronçant les sourcils : elle a pris du retard sur l'horaire qu'elle s'était imposé. Elle n'avait pas bien calculé la complexité des manipulations et tout le temps nécessaire pour maintenir une stérilité totale dans ses cultures et dans le laboratoire. En plus du temps perdu, l'insomnie et le stress la rendent inefficace. En serrant les dents, Mariam chasse ses pensées, qui la ramènent invariablement à son fils, Matthew, prisonnier, peut-être torturé…

Le numéro de son ex-conjoint apparaît sur son cellulaire, avec un message exigeant de le rappeler. Mariam pense qu'il n'a probablement pas digéré le fait de s'être fait poser un lapin par son fils. Elle retarde le moment de lui parler parce que les kidnappeurs l'ont prévenue de ne rien dire à personne, et qu'elle a peur de craquer devant Tom, surtout s'il parle encore de lui enlever la garde de leur enfant.

En refermant son dernier erlenmeyer, la microbiologiste se sent étourdie. Elle calcule à quand remonte son dernier vrai repas : trois jours. Elle hésite à perdre ne serait-ce qu'une minute pour aller manger, mais, d'un autre côté, elle craint de tomber d'inanition dans ce laboratoire où se joue la vie de son fils. Elle doit tenir le coup pour Matthew. Elle termine rapidement ses manipulations, négligeant sans même s'en rendre compte de désinfecter sa surface de travail avant de sortir.

Annie a déniché une table libre au fond de la friterie. Des paravents séparent les différentes sections du restaurant afin de créer un semblant d'intimité au milieu de la foule bruyante et animée de la clientèle étudiante. Une rage de poutine taraude Annie alors qu'elle consulte le menu, typiquement américain. Déçue, elle commande plutôt des nachos et un cola. Pendant qu'elle feuillette le journal, elle prête une oreille distraite aux conversations de ses voisins. Derrière le paravent, un cellulaire laisse entendre quelques notes de la symphonie pastorale de Beethoven, puis une voix de femme s'élève. Annie ne peut s'empêcher d'écouter cette voix chevrotante, à cheval entre le sanglot et la colère. La femme se débat, coupe ses explications de longs silences, répète à plusieurs reprises le nom de Matthew. Lorsqu'elle raccroche, Annie peut entendre la dame qui sanglote et renifle en fouillant dans son sac. Mal à l'aise, Annie hésite, puis se lève et, contournant le paravent, lui tend un mouchoir.

— Ça va ?

La femme ne répond pas, mais Annie remarque une pointe de frayeur qui traverse son regard. Les lèvres serrées, elle lance :

— Laissez-moi tranquille, je vous en prie.

— Pardon, murmure Annie en rougissant, saisie par le ton angoissé de la dame. Contrariée, la policière se rabat sur ses nachos en essayant de se concentrer sur ses notes. Sa rencontre avec la docteure Singer du CDC représente la dernière étape pour s'assurer que les terroristes n'utiliseront pas la souche bactérienne provenant du conteneur. Avec ce qu'elle a appris depuis ce matin, elle en doute de plus en plus. Si ce doute se confirme, il lui faudra mettre la clé dans le verrou et se rendre à l'évidence : cette enquête n'est plus de son ressort, comme le lui a signifié Tourignon. *Dommage*, soupire-t-elle pour elle-même, *je commençais à trouver la partie intéressante !*

Un peu avant treize heures vingt-cinq, Annie se lève et se dirige vers la caisse pour acquitter sa facture. La dame au mouchoir la précède tout juste, et la policière l'observe furtivement. Son visage est indéchiffrable, l'inconsolable chagrin qu'on y lisait plus tôt a été remplacé par un masque froid et distant. Pourtant, Annie remarque que les mains de la femme tremblent, et que ses yeux sont marqués de grands cernes foncés.

La Québécoise paie à son tour, puis sort du restaurant et se dirige vers l'arrière du bâtiment. Après s'être identifiée à l'interphone, elle est amenée dans une minuscule salle où on la fait attendre. Sur les murs ont été collés des affiches expliquant la marche à suivre en cas de contamination chimique ou bactériologique, des articles sur différents sujets scientifiques, le sida, le virus du Nil occidental, la vaccination, et, touche incongrue, un dessin d'enfant signé Mat. L'artiste en herbe a imaginé une femme en blouse blanche livrant bataille à d'affreuses bactéries aussi grosses qu'elle. La policière sourit en se disant que ses futurs enfants la représenteront peut-être de façon semblable, dégainant un pistolet plutôt qu'une fiole et une pipette, devant des bandits aussi terrifiants que ces bactéries. Elle entend tout à coup les échos d'une vive discussion, puis la porte s'ouvre.

— Madame Singer va vous recevoir, mais vous devrez être très brève, car elle n'a que quelques minutes à vous accorder.

En entrant dans le bureau, Annie remarque tout de suite d'autres dessins signés Mat. *Un futur artiste*, pense-t-elle avant de figer sous l'effet de la surprise. La microbiologiste devant elle et la femme du restaurant ne font qu'une, mais, cette fois, la dame affiche un air franchement paniqué. Avant même que la policière n'ait pu dire un mot, elle annonce vivement :

— J'y travaille, j'y travaille. Ce sera prêt comme prévu.

— Quoi ? Qu'est-ce qui sera prêt ? demande Annie, intriguée. Est-ce qu'on s'est déjà vues, je veux dire à part tout à l'heure au restaurant ?

— Excusez-moi, je suis surmenée, bredouille-t-elle. Je vous ai pris pour quelqu'un d'autre.

— Votre fils ? s'enquiert Annie en pointant les dessins, pour alléger l'atmosphère et se donner le temps de réfléchir. Il est vraiment bon. Quel âge a-t-il ?

— Madame Jobin, j'ai vraiment beaucoup de travail, reprend Mariam sur un ton
plus ferme. Alors, venez-en au but de votre
visite, s'il vous plaît.

Annie expose sa théorie tout en observant
son interlocutrice, qui blêmit à vue d'œil.
Lorsqu'elle lui demande si son hypothèse est
plausible, Mariam explose littéralement :

— Non, c'est impossible ! Personne
n'entre dans nos laboratoires sans y être auto-
risé. Et ceux qui travaillent ici sont au-delà
de tout soupçon. Personne n'oserait faire une
chose pareille, ce serait… abominable !

Annie observe avec fascination les yeux
de la microbiologiste, qui vont avec frénésie
des dessins de Mat, au téléphone, puis à la
porte. La Québécoise griffonne un mot sur
un morceau de papier qu'elle dépose sur le
bureau avant de dire :

— Merci, madame Singer. Je crois finalement que ma théorie ne tient pas la route.
Désolée pour le dérangement.

La vue brouillée par les larmes, Mariam
lit le billet avant de le dissimuler furtivement
dans la poche de son sarrau : « Je peux vous
aider. Appelez-moi avant qu'il ne soit trop
tard. Annie Jobin, 809-341-2387. »

13

Otages de la terreur

Ça ne devait pas se passer comme ça! Matthew avait échafaudé tout un scénario, quelque chose sans grandes conséquences pour faire regretter à son père d'avoir tant tardé à se manifester. Mais ce n'était pas lui qui était venu le chercher devant l'appartement. C'étaient des cow-boys. Même pas des vrais! Durant deux jours, il avait été retenu prisonnier dans une chambre, sans que personne lui adresse la parole. Il n'avait pu dire que quelques mots à sa mère et il avait eu terriblement honte des cris de douleur qu'on l'avait forcé à pousser. Durant ces deux jours, en collant soigneusement son oreille contre la porte, Matthew avait entendu des bribes de conversations dont il n'avait pu saisir toute la signification, mais qui, mises bout à bout, constituaient une véritable histoire d'horreur. Pendant deux jours, il avait souhaité que quelqu'un vienne le délivrer, si possible de façon héroïque. Son père était finalement entré dans sa prison et lui avait parlé. Le héros était devenu bourreau.

Deux autres jours ont passé depuis. Lorsqu'il y repense, Matthew a le goût de la bile qui lui brûle le fond de la gorge. Des vagues de révolte et d'incompréhension le secouent par moments, et il frappe alors dans son oreiller jusqu'à en tomber d'épuisement.

SON PÈRE! Son père n'avait pas le droit de faire ça. Un père ne fait pas une telle chose. Un père est censé protéger ses enfants jusqu'à donner sa propre vie. C'est ce que Matthew a toujours pensé. Alors pourquoi faut-il que son père ait lui-même organisé l'enlèvement? Et pas pour l'avoir toujours avec lui, non! Pour faire chanter son ex-femme. Une magouille terrible qui va provoquer la mort de milliers de malheureux. Parce que son père n'est pas seulement un mécanicien qui monte de fabuleuses motos, c'est aussi et surtout un terroriste. Quelqu'un qui croit tellement en sa cause qu'il pense qu'il est justifié d'enlever, de faire chanter, de semer la terreur et de tuer.

Ce que Matthew n'arrive pas à comprendre, c'est que, pour lui, les terroristes ont toujours été des étrangers venant de pays lointains, des gens qui ne parlent pas sa langue et qui luttent pour des idéaux obscurs avec des moyens extrêmes et terrifiants. Non, aujourd'hui, sa définition du terroriste s'est enrichie : un terroriste, ça peut aussi être un Américain et ça peut malheureusement être son propre père. C'est à hurler de dégoût !

Peu importe comment cette sale histoire va finir, Matthew sait qu'il ne pourra jamais pardonner le supplice terrible que Tom inflige à sa mère. Parce qu'il a bien compris que ces hommes obligent Mariam à fabriquer des choses horribles qu'elle seule est capable de faire, parce qu'elle est microbiologiste. Et dire qu'elle était si fière de son travail. Un travail qui permettait de prévenir des épidémies afin que les gens restent en santé et non de les provoquer pour qu'ils en meurent !

Ah ! Si Matthew pouvait se laver du sang de ce terroriste qui coule dans ses veines, il le ferait, par n'importe quel moyen. Mais sa mère, en bonne scientifique, lui dirait que c'est inutile, car il porte son père dans chacune de ses cellules. Pour le meilleur et pour le pire, il doit assumer cette hérédité. Matthew se sent tout à coup terriblement solidaire de Luke Skywalker, lorsque celui-ci a appris qu'il était le fils de Darth Vador…

Le chef du GSA s'en doutait : l'homme qui avait imaginé un chantage génial pour assurer la production de l'anthrax avait flanché à la vue de son fils ligoté dans une chambre du troisième étage du manoir. Le garçon dormait toujours du sommeil artificiel provoqué par le chloroforme. Tom l'avait détaché et bordé très doucement, comme il l'avait fait si souvent dans le passé, lorsque Matthew était petit. Puis il était sorti de la pièce, complètement démoli. Deux jours plus tard, on lui permettait de revoir son fils et de lui parler.

Anéanti par les remords, Tom Brenner avait demandé que son gamin soit libéré. « Si Judas n'avait pas livré le Christ, lui avait alors dit Masset, la religion chrétienne n'aurait pas la place qu'elle occupe dans l'Histoire. De même, tu nous as livré Matthew pour que nos actions éclatent au grand jour, et que l'Histoire soit marquée par notre mission divine sur Terre. »

Le discours exalté de Masset avait laissé un arrière-goût amer à Tom. Une pensée alarmante avait alors germé dans son esprit : non seulement la vie de son fils était-elle menacée, mais la sienne l'était également. Les ennemis n'étaient plus seulement les Arabes. Lui, Tom Brenner, en était devenu un parce qu'il menaçait le clan. Il avait peu de chances de s'en sortir vivant. Réunis dans le grand salon, les membres du GSA étaient maintenant occupés à disposer de sa vie.

— Nous devons prendre une décision en ce qui concerne Tom, déclare Frank Masset de sa voix grave. Doit-on ou non le garder dans le groupe ?

— Je trouve son comportement exemplaire, et c'est lui qui a relancé l'affaire, même si je n'approuve pas sa façon de procéder, plaide Arleen.

— Il représente un danger. Il est beaucoup trop instable, objecte Morris.

— On le serait à moins, éclate Arleen, il vient de vendre son fils. Mais de toute façon, vous ne pouvez pas comprendre, vous n'avez jamais eu d'enfant.

— Et vous, vous êtes trop naïve. C'est quand même lui qui a pris cette décision...

— À l'ordre, je vous en prie, les enjoint Masset. Nous ne sommes pas des objecteurs de conscience. Tom a eu une réaction très négative à la vue de Matthew, il fallait s'y attendre. Il s'est bien repris par la suite, mais je le sens hésitant, et nous devons envisager la possibilité qu'il flanche et qu'il nous entraîne tous avec lui. Alors je vous le demande : qu'est-ce qui est le plus important ? L'homme ou la cause ?

— La cause ! répondent-ils ensemble, certains avec moins d'enthousiasme que d'autres.

— Mais faut-il à tout prix… l'éliminer ? interroge Arleen. Nous pourrions le tenir à l'écart de nos décisions, je ne sais pas, le garder en captivité avec son fils. Nous en aurons peut-être encore besoin. Nous ne sommes pas… des criminels, après tout, conclut-elle en hésitant.

— Vous avez raison, Arleen. Mettons le père et le fils ensemble. Nous déciderons de leur sort lorsque tout sera terminé.

— Annie, que dirais-tu si on partait demain ? On serait à Sherbrooke dans deux jours. Il paraît que le patron a une nouvelle enquête pour nous.

La jeune policière, la bouche pleine de dentifrice, manque de s'étouffer.

— Quoi ? Demain ? NON !

Steve est perplexe. A-t-il bien compris ? Ces vacances ont été, selon lui, aussi éloignées que possible de la définition même du mot. Complètement ratées et à mettre dans la case «à oublier». Il lui semble que la journée de son arrivée au *Silver Tower* appartient à une autre vie et à un autre homme. La complicité qu'il avait espoir de développer avec Annie durant ces vacances s'est plutôt dégradée. S'il devait reposer à Annie la même question qu'à leur arrivée, la réponse au désastreux « Veux-tu m'épouser ? » se ferait aussi claire que le «NON !» qu'il vient d'entendre. Heureusement, sa participation à l'enquête de Tourignon est terminée, et il n'aspire plus qu'à clore ce chapitre de sa vie.

— Steve, tu ne m'écoutes pas !

— Excuse-moi, Annie, je pensais à autre chose. Tu disais ?

— Je suis sur une piste. Enfin, si mon intuition ne me trompe pas, je crois qu'il se passe quelque chose de terrible dans cette histoire d'anthrax.

— Ton intuition, tu dis…

— Oh ! Steve, cette fois, je crois que j'ai visé juste. Malgré ce que vous en pensez, toi et Tourignon, j'ai décidé de surveiller les deux endroits où sont stockées les cultures de bactéries provenant des récentes victimes du charbon, soit l'hôpital et le CDC. Et, par hasard, je suis tombée sur une microbiologiste qui m'a rencontrée bien malgré elle, je crois.

— Et elle t'a avoué qu'elle avait donné la souche aux terroristes ?

— Voyons Steve, ne fais pas l'enfant ! Si tu l'avais vu réagir à ma présence, la panique dans son regard lorsque je lui posais des questions sur son fils, toi aussi, tu aurais conclu que quelque chose n'allait pas.

— Pourquoi son fils ?

— Je n'en suis pas sûre, mais ses yeux sautaient du téléphone aux dessins de son garçon collés au mur, puis à la porte, comme si elle s'attendait à ce qu'un événement extraordinaire se produise. Elle m'avait d'abord prise pour quelqu'un d'autre et m'avait dit, sur un ton paniqué : « J'y travaille, ce sera prêt comme prévu. » Elle m'a donné l'impression qu'on la surveillait. Des microphones dissimulés, peut-être ? J'ai fait mine de laisser tomber l'idée et je lui ai donné mon numéro de téléphone gribouillé sur un bout de papier.

— Quand ?

— Cet après-midi, vers quatorze heures.

— Pourquoi n'en as-tu pas parlé avant ?

— Je t'en parle, là. De toute façon, je ne peux rien faire avant qu'elle me contacte.

— Si elle le fait… J'appelle Tourignon. C'est à lui de s'occuper de ça, maintenant. Il va mettre son téléphone sous écoute, il va la faire suivre…

— NON ! Surtout pas. Si les terroristes s'en rendent compte, tu viens de signer son arrêt de mort et peut-être aussi celui de son enfant. Je crois qu'ils la font chanter pour qu'elle produise elle-même l'anthrax. Si tu avais vu le tremblement de ses mains et ses yeux cernés…

— Annie, tu ne connais rien de cette femme. Peut-être est-ce son air naturel ? Ce n'est pas tout le monde qui peut se payer des vacances en plein mois de mai, ajoute-t-il pour faire sourire sa partenaire. Mais Annie reste de glace.

— Donne-moi trois jours, Steve. Soixante-douze heures et, ensuite, je te promets de te suivre où tu voudras. De toute façon, tu ne peux pas ramener Donut dans l'état où il se trouve. Nous ne saurons pas avant deux jours s'il survivra à son accident. Tu vois, on ne peut pas partir tout de suite.

Steve grogne. Il avait presque oublié son chien. Mais la flamme qu'il retrouve dans le regard d'Annie vaut toutes les journées d'attente. À un moment, il a cru qu'elle avait perdu le goût de l'enquête, que le souvenir de ses imprudences passées avait miné ses qualités pourtant incontestables de détective.

— Deux jours, Annie, pas un de plus. Et nous faisons ça ensemble, comme dans le bon vieux temps.

Le sourire dont elle le gratifie le rassure pour de bon.

Le père et le fils sont assis l'un en face de l'autre, dans la chambre fermée. Matthew garde la tête tournée vers le mur pour ne pas voir l'homme à qui il s'est juré de ne plus adresser la parole. Cet homme lui fait horreur au point où il se sent honteux de lui ressembler. Sa mère le lui avait toujours dit : « Matthew, tu as la beauté de ton père, mais je t'ai donné le meilleur de moi, mon intelligence ! »

— Lorsqu'on sortira d'ici, je te montrerai ma moto préférée. Elle est bleu marine avec des étoiles filantes peintes sur le réservoir. Elle a un moteur énorme, treize cents centimètres cubes, et je lui ai dessiné un système d'échappement qui ressemble à des tuyaux d'orgue. Un petit bijou, je te le dis.

Le silence pèse lourd. Tom observe son fils, qui serre les lèvres et se force à n'exprimer aucune émotion. *Il est beau*, pense-t-il, *beau et droit. Il ira loin si on lui en laisse la chance.* Tom se lève doucement et tâte la poignée. Elle est verrouillée de l'extérieur. Il sourit amèrement en pensant qu'il a veillé lui-même à renforcer le cadre de la porte pour éviter que son fils ne tente de la démolir. Il est maintenant prisonnier, lui aussi. Cela aurait été mentir que de dire qu'il ne s'y attendait pas. Il n'a désormais plus d'utilité au sein du GSA. L'anthrax sera livré demain, et il sait qu'il ne doit s'attendre à aucune reconnaissance de leur part. Son salaire, il va le recevoir sous forme d'épitaphe : « Ci-gît la famille Singer Brenner, réunie dans la terreur. »

Annie termine sa deuxième heure de surveillance. Elle a garé sa voiture sous un banian pour profiter d'un peu d'ombre. De sa position, elle peut surveiller la porte du laboratoire du CDC et l'entrée du restaurant Cake n'Pie. Steve patrouille quant à lui dans les rues avoisinantes. Il passe près d'Annie sans lui parler et il a le sentiment que, malgré sa position inconfortable et sa chemise trempée de sueur, elle est heureuse de se trouver là.

Vers midi, la policière profite de la cohue des étudiants affamés pour entrer dans le restaurant. Elle espère voir Mariam et l'inciter à lui parler. Elle aurait pu lui téléphoner pour lui donner rendez-vous, mais cela aurait été prendre un risque inutile, le téléphone de la microbiologiste étant peut-être sur écoute.

Installée à une table d'où elle peut observer les allées et venues des clients, Annie commande une salade de poulet et un verre de thé glacé. Vers treize heures trente, alors qu'elle se résout à quitter le restaurant climatisé, Mariam se présente à l'entrée. La chercheuse sursaute en la reconnaissant. Elle bifurque aussitôt vers les toilettes. Annie attend quelques secondes et s'engage à sa suite. Après s'être assurée qu'elles sont seules dans la pièce, Annie verrouille la porte et inspecte les endroits susceptibles de dissimuler un microphone ou une caméra. Satisfaite, elle se tourne vers Mariam. Cette dernière est terrorisée, et Annie remarque que ses yeux sont encore plus cernés que la veille. La femme parle tout bas, une main tremblante cachant sa bouche :

— Qu'est-ce que vous me voulez ?

— Je m'appelle Annie Jobin, je suis inspectrice à la police criminelle de Sherbrooke, au Québec. Je suis en vacances à Miami depuis quelques jours et, par un curieux hasard, j'ai été mêlée à une histoire de terrorisme à l'anthrax. Si je me fie à mon expérience et à mon intuition, vous avez sérieusement besoin d'aide. Et je crois que je peux vous aider.

— Vous faites erreur, je… je ne dois rien dire à personne, bafouille-t-elle misérablement.

— Vous pouvez me parler à moi. Mais si vous trouvez cela plus facile, je peux vous dire ce que je soupçonne, et vous n'aurez qu'à approuver ou à nier. D'accord ?

Et Annie résume ses conclusions en fixant le visage de plus en plus livide de la microbiologiste. À la fin, Mariam fond en larmes.

— Matthew n'a que treize ans. C'est encore un bébé. Si je ne fais pas ce qu'ils exigent, ils vont le torturer et le tuer.

— Je comprends Mariam, vous n'aviez pas le choix. Vous ne voulez pas que ces gens-là fassent du mal à votre garçon. N'importe quelle mère ferait la même chose, ajoute-t-elle pour la rassurer. Je veux vous aider. Quand devez-vous remettre l'anthrax ?

— Aujourd'hui ou demain. Ils doivent m'appeler pour fixer un rendez-vous.

— Que vous ont-ils demandé, exactement ?

— Dix grammes de spores de la souche fulgurante armée. C'est-à-dire de moins de cinq microns. Ils m'ont demandé d'en mettre deux grammes dans une base de colle et le reste dans un solvant contenant de l'huile végétale et de la résine.

— De l'huile végétale et de la résine ? Est-ce un mélange normal pour de l'anthrax ?

— Euh… non ! J'avoue que je n'ai jamais rien vu de pareil durant toutes mes années de microbiologie. Je voulais faire quelques recherches, mais je n'ai pas eu le temps. J'ignore comment et pourquoi ils veulent l'utiliser.

— Rassurez-moi : ce n'est pas véritablement la « fulgurante » que vous leur remettrez, n'est-ce pas ? Ce n'est même pas du *Bacillus anthracis*?

La chercheuse la regarde comme si elle venait de dire une énormité. Puis elle éclate en sanglots convulsifs.

— Est-ce que j'ai le choix ? Ils m'ont dit qu'ils s'y connaissent en science. Ils m'ont fait comprendre que si j'essayais de les fourvoyer, ils allaient faire souffrir Matthew. Et j'ai entendu mon fils hurler au téléphone…

Annie entoure les épaules de la femme en s'excusant. Elle n'a jamais eu d'enfants, même pas de neveux ou de nièces, mais elle est quand même capable d'imaginer ce que la souffrance d'un enfant doit représenter pour une mère. Son cerveau fonctionne maintenant à toute vitesse. Elle essaie de se rappeler ce qu'elle a lu la veille, sur Internet.

— Il y a d'autres sortes de bactéries qu'on retrouve dans la nature, des trucs inoffensifs qui ressemblent à l'anthrax…

— Oui, *Bacillus aureus, Bacillus thurigensis*…

— C'est ça que j'ai lu ! Pourquoi ne pas les avoir substituées à l'anthrax ?

— Je sais que j'aurais dû y penser dès le début, avoue-t-elle en se cachant le visage dans ses mains. J'ai paniqué. La seule chose à laquelle je pensais, c'était de leur obéir pour sauver Matthew. Je suis aussi coupable que ces terroristes. Maintenant, il est trop tard. Je ne possède pas dix grammes d'un autre bacille sous forme de spores purifiées et armées, et si j'essaie de m'en procurer ailleurs, ils le sauront. Ils savent tout.

Sitôt cette dernière phrase prononcée, la microbiologiste s'enferme de nouveau dans le silence. Annie sait que le contact privilégié vient de se rompre, et qu'elle n'en tirera plus rien.

— Promettez-moi de m'appeler pour m'indiquer le moment et le lieu de la transaction. Je vous jure que je ferai tout pour vous protéger, vous et votre fils.

Mariam Singer déverrouille le loquet et quitte l'endroit sans répondre. Annie soupire. Elle sait que, même si la microbiologiste livre la marchandise exigée pour sauver son fils, personne ne survivra à l'échange. Mariam et son enfant en savent beaucoup trop. Annie se lave les mains et sort rejoindre Steve.

14

Les Everglades

Annie ne s'attendait pas à recevoir aussi vite un coup de fil de la microbiologiste. À peine cinq heures se sont écoulées depuis leur rencontre au Cake n'Pie. Mariam est tellement nerveuse que la policière a de la difficulté à la comprendre.

— Je ne sais pas si je suis folle ou bien si je n'ai plus rien à perdre, mais j'ai décidé de vous faire confiance. Ils viennent me chercher au coin de la 14e Rue et de la 10e Avenue, dans moins de dix minutes. C'est sur le campus de la Faculté de médecine, pas très loin du Cake n'Pie. Annie, je vous en supplie, ne tentez rien tant que je n'ai pas retrouvé mon fils.

— Rassurez-vous, Mariam, je ne ferai rien qui puisse vous nuire à vous ou à votre enfant. Merci de votre confiance.

Annie a l'estomac noué, comme chaque fois qu'une enquête est sur le point d'aboutir de façon tragique. Elle a l'impression d'être une volcanologue au pied du Mont Sainte-Hélène en éruption. Dix minutes! Le plan élaboré avec Tourignon et l'équipe d'intervention exigeait plus de temps de préparation. Personne ne croyait que le délai serait si court. Personne ne la croyait, point à la ligne. Elle a dû se débattre pour convaincre le détective français. Cet homme a décidément un quelque chose d'impénétrable et de sournois qu'Annie ne peut nommer. C'est peut-être pour prouver le contraire à ce macho trop sûr de lui qu'Annie est restée à surveiller le secteur, même s'il n'y avait que peu de chances que l'affaire se dénoue aussi rapidement. Étant la seule sur place, Annie doit maintenant assurer le début de la filature. Elle appelle Steve sur son cellulaire, lui donne le lieu de rendez-vous et lui assure qu'elle se contentera de suivre la voiture.

— J'appelle Tourignon immédiatement, dit Steve. Tu obtiendras du renfort aussitôt que possible. Veux-tu que je vienne avec toi?

— Impossible, ils doivent être ici d'une minute à l'autre.

— Sois prudente, ma lionne, murmure-t-il en raccrochant.

«Une lionne, maintenant!» s'exclame Annie. Elle est presque surprise de la désinvolture avec laquelle Steve l'a laissée partir, lui qui est si protecteur habituellement. Elle s'étire en pensant qu'il est en train de changer, son beau brun aux yeux couleur de forêt.

Garée un peu à l'écart, sur la 10e Avenue, Annie surveille Mariam, qui attend son contact. La microbiologiste marche de long en large et sursaute chaque fois qu'une voiture se présente à l'intersection. Elle serre nerveusement un sac de plastique bleu d'un magasin à grande surface. «La fulgurante!» La mort de milliers d'innocents tient dans ce sac trop bleu.

Tout à coup, une rumeur monte, des voix, des cris. Une voiture de police passe lentement, gyrophares allumés. Annie serre les poings. *Tourignon, encore lui*, pense-t-elle, blanche de colère. Mariam se colle contre un mur, terrorisée. Bientôt la rue est envahie par des étudiants. Des manifestants tonitruants avec bannières colorées et slogans. Annie soupire de soulagement, mais, lorsqu'elle reporte son attention sur Mariam, celle-ci n'est plus à l'intersection. Affolée, la policière démarre et approche sa voiture de la marée humaine. Elle se tient debout sur le marche-pied de son véhicule et cherche fébrilement parmi la cohorte d'étudiants. C'est alors qu'elle voit le sac bleu. La microbiologiste du CDC a traversé de l'autre côté de la rue et s'apprête à s'engouffrer dans une voiture noire aux vitres teintées. Une Mercedes. Annie réintègre sa voiture et essaie désespérément de couper le défilé. Les jeunes la contournent en montrant le poing, mais personne ne cède le moindre espace. Elle klaxonne, avance de quelques centimètres sous les vociférations des piétons. Elle doit pourtant forcer le pas-sage, sinon elle perdra de vue la voiture noire. Enfin Annie aperçoit une trouée dans la masse humaine, créée par une femme en fauteuil roulant qui avance lentement. Soulagée, la policière coupe la file mètre par mètre et parvient finalement à passer. Sur quoi, elle s'élance dans la rue libre de tout trafic. La voiture noire a disparu !

— Merde, merde et merde ! Sur quelle herbe j'ai marché pour être malchanceuse à ce point ?

Sur le plan du campus, la 14e Rue débouche sur la 836, une voie rapide orientée est-ouest. *C'est probablement par là qu'ils iront,* estime Annie, qui prend une chance et fonce en ligne droite. Elle brûle deux feux de circulation, puis, aux lumières suivantes, la policière rattrape de justesse la Mercedes noire. Lorsque la voiture s'engage sur la voie rapide, en direction ouest, Annie rappelle Steve et lui donne sa localisation et le numéro de la plaque d'immatriculation de la voiture suspecte. Puis elle se concentre sur la conduite, s'efforçant de ne pas se laisser distancer ni de se faire remarquer par le conducteur de la berline. Après quelques minutes, Steve la rappelle :

— Elle appartient à un certain Walters. John Walters. Il est pharmacien, au nord de Miami… La voiture n'a pas été rapportée volée.

— De mieux en mieux. La microbiologiste m'a affirmé qu'il y avait des scientifiques parmi ses agresseurs. C'est peut-être lui. Oh ! Attends, il change de direction. Je te rappelle…

Annie coupe un camion et se faufile à la suite de la Mercedes. La voiture s'engage sur Red Road en direction de l'aéroport international de Miami et, bientôt, elle entre dans un quartier industriel. La circulation se fait moins dense, et Annie doit ralentir pour laisser une distance raisonnable entre les deux voitures. La Mercedes s'arrête soudain à côté d'une camionnette. En utilisant ses jumelles, la policière peut voir que le sac bleu est rapidement transféré de véhicule, puis les deux voitures repartent dans des directions opposées. Annie se frappe la tête : rien ne se passe comme elle l'avait prévu. Comment poursuivre deux lièvres à la fois ? Elle joint Steve et lui explique la situation.

— Je suis derrière toi, ma lionne ! Lequel choisis-tu ?

Annie sursaute en regardant dans son rétroviseur. Steve est dans une voiture beige prêtée par la police de Miami. Un agent qu'elle ne connaît pas lui fait un signe de la main. Concentrée sur sa filature, elle n'a pas surveillé ses arrières. Si Steve avait été un complice de ceux qu'elle poursuit, elle se serait fait avoir. Elle rage intérieurement, puis décide :

— Je continue avec la Mercedes. Bonne chance, Steve. Et méfie-toi, ce n'est pas du sucre en poudre qu'il y a dans le sac bleu.

Elle suit un bon moment le véhicule des kidnappeurs, qui a repris la 836 vers l'ouest. Annie jette un coup d'œil à la carte routière

288

déployée sur le siège du passager et constate que cette route mène jusqu'au Parc national des Everglades, un immense territoire marécageux. Un endroit idéal pour se cacher. Elle donne sa position à Tourignon, qui lui annonce bientôt qu'elle n'est plus seule dans la poursuite. Quatre autres voitures l'accompagnent. Malgré ses efforts, elle ne peut les repérer. *Ils sont efficaces,* songe-t-elle avec soulagement. Elle tente d'imaginer la suite des événements et n'a qu'une seule certitude : maintenant que Mariam n'a plus l'anthrax comme monnaie d'échange, n'importe quoi peut lui arriver. Elle et son fils sont à la merci de leurs ravisseurs. Et, pour eux, que valent deux vies, alors qu'ils s'apprêtent à tuer des milliers d'innocents ? Elle frissonne d'horreur et appelle Steve sur son cellulaire :

— Avez-vous du nouveau ?

— Euh… non ! Nous les avons perdus de vue alors qu'ils entraient dans un parc industriel.

— Perdus ? Voyons donc, Steve, dis-moi que ce n'est pas vrai !

— Il y a à peu près deux cents petites entreprises regroupées ici. Usinage de pièces de moteurs, couture, imprimerie, recyclage, composantes électroniques… Et je ne suis pas sûr qu'elles soient toutes répertoriées. Les renforts arrivent, nous allons boucler le périmètre et le fouiller méthodiquement. Si tu as un indice à nous donner par rapport à la destination possible de l'anthrax, ça nous aiderait grandement.

Annie essaie de se remémorer la dernière discussion qu'elle a eue avec la microbiologiste. Elle lui avait dit quelque chose par rapport à des mélanges qu'on lui avait ordonné de faire. Des combinaisons qui avaient d'ailleurs surpris la chercheuse. Lesquelles, donc ? De la colle... un solvant, de la résine et quoi d'autre ? De l'huile végétale, oui, c'est ça ! Annie avait alors soupçonné les terroristes de vouloir contaminer de la nourriture avec les spores du charbon. Mais alors, pourquoi de la résine ? Elle transmet ces bribes d'information à Steve.

— Je communique ces détails à Tourignon, et on verra si ça donne quelque chose de concret. Merci Annie et sois prudente !

Le bâillon trop serré lui scie les lèvres, et la sueur qui coule sur son visage brûle sa chair à vif. Mariam réprime une nausée. Elle a toujours eu horreur de voyager dos à la route, et c'est encore plus pénible avec le bandeau qui lui couvre les yeux. Elle ne peut anticiper les virages et elle doit alors s'appuyer sur ses voisins de banquette. Elle ne sait pas pendant combien de temps elle va pouvoir endurer ce calvaire. Tout ce qu'elle sait, c'est que la « fulgurante » n'est plus dans la voiture. Elle l'a senti au soulagement général de ses ravisseurs, lorsque la voiture s'est immobilisée la première fois. Ce qu'elle n'a pas encore perçu, c'est cette excitation mêlée de crainte qui aurait signifié qu'ils ont été pris en chasse. *Ou bien la jeune policière file la voiture sans se faire remarquer, ou bien elle les a perdus et il n'y a plus d'espoir*, pense la microbiologiste. Mariam imagine qu'ils sont en train de se diriger vers l'endroit où Matthew est retenu en otage. Matthew, la chair de sa chair, son bébé qu'ils ont maltraité, peut-être torturé, et qui gardera à coup sûr des séquelles de cet odieux chantage. À moins, bien sûr, qu'ils se débarrassent d'eux dans un de ces endroits discrets qui abondent aux alentours de Miami. Elle frissonne et se mord la joue pour ne pas éclater en sanglots.

Annie se gare à l'extrémité de la route isolée où s'est engagée la Mercedes quelques instants plus tôt. *Le paysage est vraiment lugubre*, constate la policière en considérant les quelques touffes d'arbres morts perdus dans un vaste espace marécageux. Bientôt, elle est rejointe par les quatre autres véhicules qui participent à la filature. La Québécoise salue froidement l'inspecteur Tourignon, qui, assis à l'arrière de sa camionnette, ne semble pas la remarquer. Il a les yeux rivés sur un écran d'ordinateur. Un hélicoptère leur retransmet en direct les images d'un vaste domaine bordé d'une ceinture de marécages. La maison luxueuse de style colonial, avec ses nombreuses dépendances, date de l'époque où les champs de coton faisaient la richesse des Américains blancs de la Floride.

Sur l'écran, ils peuvent voir la Mercedes se garer devant la porte d'entrée et cinq personnes en descendre, dont la microbiologiste. Quelques minutes plus tard, trois hommes réintègrent la voiture et reviennent vers la route, ce qui oblige les policiers à se séparer. Il est décidé qu'Annie et Tourignon resteront au domaine en attendant l'équipe d'intervention pendant que les trois autres reprendront la filature.

L'unité SWAT[22] appelée plus tôt par Tourignon se présente rapidement et se positionne autour de la propriété, mais, au grand désespoir d'Annie, elle n'entre pas immédiatement en action. Tourignon veut s'assurer de retrouver l'anthrax avant d'investir les lieux. Annie ronge son frein, ne pouvant s'empêcher de penser à Mariam et à son fils, probablement enfin réunis, mais vivant peut-être leurs dernières minutes. Elle ne sait pas comment elle pourrait traverser un cauchemar semblable. Aurait-elle réagi comme Mariam ? Tout sacrifier pour la vie de son enfant, son sens moral, la vie d'autres personnes. Non. Ou peut-être que si. On lui a déjà dit qu'avoir des enfants changeait tout, vraiment tout… La voix de Steve interrompt ses pensées…

— Inspecteur Tourignon, l'ordinateur vient de dévoiler une information intéressante. Il paraît que la résine et l'huile végétale entrent dans la composition des encres d'imprimerie. Il y a justement une petite presse dans ce complexe industriel.

— N'entrez pas là avant d'avoir revêtu des combinaisons de protection. Si les terroristes

_____
22. La *Special Weapons and Tactics*, ou l'Équipe spécialisée d'intervention tactique.

veulent imprimer en mêlant l'anthrax à l'encre, tout le bâtiment risque d'être contaminé. Annie, ajoute-t-il, à la stupéfaction de la jeune policière, je vous confie les opérations ici. Dès que je vous aurai confirmé que nous avons trouvé l'anthrax, foncez !

Une demi-heure plus tard, Annie traverse le hall d'entrée de la résidence de Frank Masset, le magnat américain de l'armement. Son regard est attiré par une impressionnante collection d'armes antiques protégées par des cabinets de verre au-dessus desquels flotte une bannière où on peut lire « God Save America ». *Dieu sauve l'Amérique, et Masset, lui, prend tous les moyens pour la détruire,* conclut-elle avec dégoût.

Dans l'escalier, deux terroristes blessés reçoivent sous bonne garde, les premiers soins. On lui a dit que quelqu'un d'autre a été gravement touché lors de l'altercation, mais elle ignore s'il s'agit d'un terroriste ou d'un otage. Nerveuse, elle grimpe les marches deux par deux jusqu'au dernier étage. En haut, elle bute sur un corps qu'un agent vient de recouvrir d'un drap blanc. Annie s'agenouille et hésite, l'estomac noué par la peur. D'un geste lent, elle découvre le visage et pousse un soupir de soulagement : la victime est un homme d'une quarantaine d'années. Elle entre dans la seule chambre de l'étage. Au centre de celle-ci trône un lit défait, des sacs de croustilles vides et un téléviseur qui diffuse des dessins animés en sourdine. Une grande traînée rouge macule le tapis couleur crème. Annie fronce les sourcils et se penche au-dessus de la rampe de la cage d'escalier pour interpeller les policiers ayant investi l'étage inférieur :

— Où sont les otages ? La microbiologiste et le jeune garçon ?

— La maison a été fouillée de fond en comble. Il n'y a personne d'autre que les deux blessés et le cadavre.

— Mais voyons, c'est impossible ! On a bien vu la microbiologiste entrer dans la maison. À moins que…

Annie jette un œil anxieux par la fenêtre de la chambre. Tout autour s'étalent les Everglades, un océan de verdure et d'eau stagnante avec sa faune si… particulière. Un frisson glacé court le long de sa colonne vertébrale. *Et s'il était déjà trop tard ?* pense-t-elle avec horreur, en dévalant l'escalier. Sur son passage, elle ne rencontre que des agents absorbés par leurs prisonniers ou occupés à perquisitionner la maison. Quelqu'un lui suggère d'attendre l'arrivée des chiens pisteurs, mais Annie, prise d'un affreux pressentiment, se précipite dehors. *Personne ne peut m'aider ? Tant pis, je me débrouillerai seule*, pense-t-elle en sachant pertinemment que Steve n'apprécierait pas. *Ce ne sera pas la première fois !*

Elle sprinte en direction du grillage qui entoure le domaine. Dans la pénombre qui envahit les lieux, la policière ne distingue aucune forme humaine. Elle longe la grille le plus rapidement possible, butant sur les racines et les branches enchevêtrées des palétuviers. Puis enfin, une porte apparaît dans la clôture. Elle est entrouverte, confirmant les craintes d'Annie. Elle la franchit prudemment, son arme chargée dans la main droite, et dans la gauche un grand bâton qu'elle utilise pour tâter le sol marécageux. Un sentier incertain s'enfonce dans la mangrove[23], et elle doit sautiller d'un îlot de végétation à l'autre pour ne pas s'enfoncer. Les lieux exhalent une odeur puissante d'humus, de pourriture et de parfums exotiques.

---

23. Forêt tropicale littorale où poussent les palétuviers, des arbres typiques en raison de leurs racines aériennes enchevêtrées en arceaux.

Au bout d'une cinquantaine de pas, Annie jette un coup d'œil derrière son épaule. La forêt marécageuse semble s'être refermée sur elle. Déjà elle ne distingue plus la lumière du domaine. La policière s'arrête, incapable de continuer. Avec la nuit sont apparus des bruits qui l'inquiètent. Des frottements, des glissements, des craquements subtils. Annie sait d'instinct que les plus vilaines bêtes sont parfois les plus silencieuses. Et les alligators ne font-ils pas la renommée de la Floride et particulièrement des Everglades ?

Une branche craque à sa gauche. Elle s'accroupit, son arme pointée devant elle. Un gargouillis et encore un craquement. Annie se relève et avance rapidement. Au loin, une lumière traverse le feuillage. Elle voit des ombres bouger, et, bientôt, des gémissements s'ajoutent à la scène. La voix de Mariam, aiguë et hystérique, est facilement reconnaissable. Dans le calme feutré de la mangrove, les mots « NON ! » et « Matthew ! » éclatent comme des coups de fusil. Annie accélère, bute sur une racine et s'étend de tout son long dans la vase. Lorsqu'elle se relève, elle ne voit plus la lueur qui lui servait de repère, mais elle se dirige au son en espérant que le clapotement des pas des otages couvrira le sien. Annie s'approche enfin suffisamment pour détailler la scène. Un des terroristes pousse devant lui ses deux prisonniers, la mère soutenant son fils, qui marche en boitant. Soudain, l'homme s'arrête pour scruter l'horizon avec sa lampe. Annie s'enfonce sous l'eau pendant que le faisceau balaie les herbes au-dessus de sa tête. Lorsque le trio se remet à marcher, Annie en profite pour se faufiler dans l'onde, silencieusement, à la manière d'un reptile. Quelques brasses plus loin, elle sort doucement de l'eau, se redresse et, sans attendre, envoie un solide direct sur la tempe du ravisseur. L'homme s'écrase au sol en gémissant. D'un coup de pied, la policière fait voler l'arme du criminel. Un moment plus tard, il est menotté. Annie s'adresse alors à Mariam et Matthew.

— Ça va? Personne n'est blessé?

Ébranlés, les deux Singer la regardent comme s'ils assistaient à une apparition. Mariam reconnaît enfin, sous son camouflage providentiel de vase et d'algues, la jeune policière qui s'était glissée de façon si extraordinaire dans sa vie. Un flot de larmes et de remerciements la secoue un long moment. Annie y met fin en sortant son pistolet et en tirant deux coups dans les airs. Devant l'air surpris de Matthew, elle explique :

— Je ne sais pas pour vous, mais, moi, je n'ai pas envie de me perdre dans ces marécages et de servir de gueuleton aux alligators. Il devrait bien y avoir quelqu'un pour venir nous chercher !

Quelques minutes plus tard, ils quittent les marécages, guidés et éclairés par les membres de l'unité SWAT. Matthew, qui n'a d'yeux que pour l'équipement des policiers, leurs armes et leur uniforme, n'arrête pas de répéter :

— Quand je vais raconter ça à Bill, jamais il ne me croira ! Non, jamais ! Maman, je sais ce que je vais faire plus tard : policier pour la SWAT !

Annie sourit et déclare à Mariam :

— Il n'a pas l'air traumatisé par toute cette histoire.

— La tension s'échappe comme elle peut. Il a surtout besoin de bons modèles, après ce qu'il vient de vivre. Il a vu mourir son père, tout à l'heure.

— Oh mon Dieu ! s'exclame Annie. Pardonnez-moi, je ne savais pas.

— C'est peut-être mieux ainsi. Je crois que ce sera plus facile pour Matthew de dire que son père est mort que d'avoir à expliquer qu'il est en prison pour terrorisme. Ils auront au moins réussi à se parler avant la fin.

Annie frissonne d'horreur en comprenant qu'un drame familial vient de se conclure dans la violence. Puis, voyant l'air préoccupé de la microbiologiste, la détective s'empresse de la rassurer :

— Ils ont découvert l'anthrax, et le reste du groupe terroriste a été appréhendé. Ils s'apprêtaient à imprimer un journal avec de l'encre hautement contaminée avec le bacille. C'est à cela que devait servir le mélange de résine et d'huile végétale auquel vous avez incorporé l'anthrax.

— Je ne comprends pas. Ces terroristes sont Américains ? Qui visaient-ils avec leur journal ?

— Le GSA avait pour cible les Américains d'origine arabe. En imprimant un journal en langue arabe, ils s'assuraient de ne contaminer que ceux qui lisent l'alphabet sémitique et quelques victimes secondaires comme les livreurs et les marchands de journaux.

— Mais c'est horrible ! Les Arabes ne sont pas tous des terroristes. Ce ne sont pas les Arabes d'ici qui sont responsables des événements du 11 septembre. On ne peut pas jeter le blâme sur tout un peuple sous prétexte que quelques-uns sont corrompus!

Après un moment de réflexion profonde et amère, elle ajoute:

— Et que voulaient-ils faire avec l'anthrax qu'ils m'ont demandé de mélanger à une colle épaisse?

— Vous connaissez les échantillons de parfums qu'il faut gratter pour en faire ressortir la fragrance? Les policiers ont retrouvé dans le local d'imprimerie une publicité en arabe vantant les qualités d'un de ces parfums. Et une des terroristes était en train d'enduire des bristols du mélange d'anthrax et de parfum.

— C'est tordu, affreusement tordu! Si les femmes ne lisent pas toujours le journal, comment peuvent-elles résister à l'envie de sentir un parfum? Et dire que c'est moi qui aurais été responsable de toutes ces victimes. Jamais je n'aurais pu survivre à une telle honte. Je ne vous dois pas seulement ma vie et celle de mon fils, Annie: vous avez aussi sauvé mon âme. J'imagine cependant que je devrai réfléchir à tout cela en prison?

— Ce sera au juge d'en décider, mais vous bénéficiez de circonstances atténuantes. Ce sera pris en considération. En particulier si vous dirigez les opérations de décontamination de l'imprimerie. J'ai appris que le feu est la meilleure méthode pour détruire le bacille du charbon, mais que procéder ainsi est risqué lorsque le local contaminé est au centre d'une infrastructure regroupant des milliers d'employés. Le CDC a besoin de vous, si vous pouvez encore tenir sur vos deux jambes, ajoute Annie pour encourager la microbiologiste.

— Qui va prendre soin de mon fils ?

— Je m'occupe personnellement de le déposer à l'endroit où vous le jugerez en sécurité.

— Dans ce cas, je m'attelle immédiatement à la tâche. Merci encore pour tout, madame Jobin !

Épilogue

Le *Silver Tower* est toujours aussi serein sous le soleil de la Floride. Les pamplemoussiers qui bordent l'allée conduisant à la piscine dégagent des effluves citronnés qui rendent Annie un peu mélancolique. Elle soupire en pensant qu'ils ont passé à cet endroit les vacances les plus courtes et les plus animées de sa vie. La policière a l'impression qu'elle en aura pour de nombreuses semaines à démêler tous les fils conducteurs de cette histoire. Elle a cependant le sentiment du devoir accompli et elle ressent une certaine fierté d'avoir persisté à suivre son intuition dans le cas de Mariam et de son fils, malgré ce que Tourignon en pensait.

Tourignon… Elle n'a toujours pas décidé si elle le rangeait dans la case « mauvais souvenirs » ou dans « à analyser ». Il en va de même pour Marc, ce concierge terroriste en fuite que Steve continue de considérer comme un « bon p'tit gars ».

Elle finit de ranger ses vêtements dans sa valise, puis donne un coup d'époussetage sur les meubles du salon. De son côté, Steve termine de passer l'aspirateur. Le téléphone sonne. Intriguée, Annie regarde son compagnon décrocher.

— Inspecteur Tourignon ! Quelles sont les nouvelles ?

Encore lui, soupire Annie. *Jusqu'à la dernière minute, il n'aura pas lâché Steve, comme s'il ne pouvait rien faire sans lui.*

Le Québécois met la main sur le récepteur et demande :

— Annie, l'inspecteur Tourignon aurait un dernier service à nous demander.

— C'est non ! coupe la jeune femme avec fermeté.

Quelques minutes plus tard…

— Ça ne te tenterait pas d'aller visiter les Keys ?

— Pourquoi les Keys ? C'est à trois heures d'ici, en sens inverse de notre route.

— C'est beau, les Keys, tu sais. La mer à perte de vue, l'Atlantique d'un bord, le golfe du Mexique de l'autre, les dunes et les petits villages de pêcheurs… Il faut voir ça au moins une fois dans sa vie.

— Si tu me disais où tu veux en venir, Steve Garneau. À moins que tu aies décidé de te recycler en agent de voyage ?

— Marc a été repéré là-bas. Tourignon va nous y rejoindre dès qu'il en aura terminé avec la mise en accusation.

— Pourquoi n'envoie-t-il pas ses agents de Miami ?

— Il a besoin de quelqu'un de confiance qui connaisse bien Marc. J'avais envie d'y aller alors… j'ai accepté !

— Alors, pourquoi me demandes-tu mon accord, si tu as déjà décidé ! s'exclame Annie, furieuse, en bouclant ses valises avec énergie. Maintenant, elle sait que le cas Tourignon sera rangé dans la case « mauvais souvenirs ».

La route s'étale comme un long ruban gris dans une mer de bleu. Des dunes de sable blond, quelques palmiers courbés par le vent, des ponts, des barques de pêcheurs, de rares maisonnettes décapées par le sel, le vent et le soleil. Le jeune homme conduit, les cheveux flottant dans l'air tiède, l'air sérieux et songeur. *Oui, Steve a au moins raison sur ce point : les Keys sont magnifiques*, pense Annie. *Mais six heures de route pour satisfaire encore une fois ce Tourignon de malheur, on ne m'y reprendra plus !* Elle soupire bruyamment, appuie sa tête sur le cadre de la portière et ferme les yeux.

— Annie, chuchote Steve, réveille-toi. On est arrivés !

La jeune femme s'étire et prend quelques secondes pour analyser le paysage : une longue plage bordée par la mer et une petite maison blanche sur pilotis, à environ deux cents mètres de la voiture. Voilà dans quel guêpier Tourignon les envoie ! Aucun moyen d'approcher sans se faire remarquer.

— Tu es sûr que c'est là ?
— Affirmatif.
— Et c'est quoi ton plan ?
— On approche furtivement comme des Apaches, puis on fonce à bride abattue comme des Cheyennes. Non, je rigole ! On avance entre les dunes et, si quelqu'un nous demande

ce qu'on fait là, on essaie d'avoir l'air de vacanciers égarés !

— Allons-y, déclare Annie, pas très convaincue, en saisissant une arme que lui tend Steve.

Ils sont à environ trente mètres de la petite villa et, de cet emplacement, les deux limiers aperçoivent, sur la terrasse, un homme étendu sur une chaise longue, une bière à la main. Malgré la barbe qui assombrit son visage, Steve reconnaît Marc Therrien, l'ancien concierge du *Silver Tower*. Il a un pincement au cœur en réalisant qu'il s'est fait avoir bêtement, et que le fait de voir Marc à cet endroit prouve qu'il n'a pas su faire la part entre les sentiments et le boulot. *Je ramollis en vieillissant*, constate-t-il avec dépit. Il secoue la tête et fait signe à Annie de se faufiler par l'arrière, lui-même passera par l'avant. Lorsque Steve traverse la dernière dune, il tombe nez à nez avec deux hommes imposants qui n'ont pas l'air d'être là pour profiter du soleil. Ils désarment rapidement Steve et lui intiment le silence en pointant un fusil dans son dos. Le Québécois reconnaît alors les deux costauds du bar O'Toole qui avaient passé Marc à tabac quelques jours plus tôt. Ils ont, semble-t-il, eux aussi retrouvé la trace de leur débiteur.

Les hommes se dirigent résolument vers la maison blanche, sans même tenter de se dissimuler. Steve n'y comprend rien. Terriblement inquiet pour Annie, il espère sans trop y croire qu'elle restera cachée jusqu'à l'arrivée de Tourignon. Lorsqu'ils montent les marches de la terrasse et se retrouvent devant un Marc souriant, nullement prisonnier, le policier comprend qu'il s'est fait jouer un vilain tour.

— Marc Therrien, espèce de salaud! Je t'ai toujours donné le bénéfice du doute. Je croyais que tu étais un bon gars!

— Et qu'est-ce qui te fait croire le contraire, Steve?

— Tes dettes de jeu et tes côtes cassées, ça faisait aussi partie de la mise en scène, je suppose? ajoute Steve, décidé à crever l'abcès.

— Il faut savoir jouer son rôle jusqu'au bout, même si ça ne nous plaît pas. C'est parfois une question de survie. Une bière? demande-t-il en se tournant vers Annie, qui vient d'apparaître dans l'encadrement de la porte-fenêtre, son arme pointée sur le groupe.

— Moi, j'ai toujours su que Steve avait tort d'embarquer dans ce coup-là, rétorque la policière en lui ordonnant de rejoindre les autres.

— C'est là que vous vous trompez, détective Jobin, annonce une voix qui fait sursauter la jeune femme.

— Ah! Inspecteur Tourignon, vous arrivez à temps pour l'apéro, lance gaiement l'ex-concierge.

— Un pastis, Marc, s'il te plaît. Pas trop de glace. Vous pouvez abaisser votre arme, Annie. Nous sommes entre amis, ici.

Steve et Annie se regardent sans comprendre. Les armes des gardiens aux chemises fleuries réintègrent leurs holsters, et deux bières apparaissent comme par enchantement devant les Québécois.

— À la santé du groupe d'intervention antiterroriste, propose Marc.

— Le quoi? s'exclament Steve et Annie, stupéfaits.

— On peut leur dire? demande Marc, l'air mystérieux.

— Oui, mais après il faudra les supprimer… Non! c'est une blague, corrige Tourignon en éclatant de rire. Je crois qu'ils méritent bien de connaître la vérité.

— D'accord, mais je dois vous dire que vous êtes les seuls non-initiés à connaître l'existence du GIAT, commence Marc. Même le FBI et les autorités de Miami, avec lesquels nous avons collaboré ces derniers jours, ignorent tout de nous. Disons que nos ordres nous parviennent d'un peu plus haut. Nous travaillons ensemble depuis dix ans à traquer les groupes terroristes. Vous n'êtes pas sans savoir qu'ils tirent leur puissance davantage de la peur que de l'action, aussi agissons-nous dans l'ombre. Non, Annie, Steve n'avait pas tout à fait tort : je suis un bon p'tit gars ! Sauf que ma couverture menaçait d'être dévoilée depuis qu'un de nos agents avait été retrouvé mort dans le conteneur du *El Marino*. Nous avons dû improviser, et c'est à ce moment que vous êtes arrivés dans le décor. Nous avons pensé que Steve serait un bon candidat et la personne la plus qualifiée pour me remplacer…

Devant l'air ahuri de Steve, Tourignon ajoute :

— Cette mise en scène était nécessaire. Nous aurions peut-être dû tout vous expliquer dès le début, mais…

— Je savais, affirme tout à coup Annie, en riant. Je le savais !

— Tu savais quoi ? demande Steve, qui essaie encore de saisir toutes les nuances de cette révélation.

— Que Tourignon cachait quelque chose ! Qu'il n'était pas ce qu'il nous laissait croire. Je le savais !

— Il semble que votre intuition vous serve très bien, madame Jobin. Nous avons besoin de personnes comme vous dans l'organisation, des agents intelligents qui n'ont pas froid aux yeux. Et qui savent suivre leur instinct. Si jamais vous avez besoin de mettre un peu plus d'action dans votre vie, il y a de la place pour vous deux dans le GIAT.

Steve et Annie se regardent et éclatent de rire. Non, l'offre leur fait plaisir, mais, de l'action, ils en ont eu suffisamment depuis quelque temps.

— Vous avez mon numéro de téléphone, n'hésitez pas à nous appeler. Oh ! Attendez, j'oubliais quelque chose, ajoute le Français en glissant deux doigts dans sa bouche. Pendant quelques secondes, il essaie de produire un sifflement, puis y renonce.

— Steve, pouvez-vous siffler pour moi, s'il vous plaît ?

Sans comprendre, Steve s'exécute. Tout à coup, venant du véhicule de Tourignon, garé derrière la maison, on entend un faible gémissement qui se change bientôt en aboiements.

Un chien s'extirpe lentement du véhicule et avance vers le groupe en boitant.

— Donut! bafouille Steve, les larmes aux yeux. Je croyais que tu ne sortirais jamais du coma…

Il se précipite vers son fidèle compagnon et le serre contre lui en murmurant à son oreille des mots qu'eux seuls comprennent. Émus, les membres du GIAT se lèvent et rassemblent leurs affaires. Tourignon explique:

— Un avion nous attend. Nous avons un réseau terroriste à démanteler en Haïti. Vous savez, l'histoire des vingt morts du conteneur n'a toujours pas été réglée. Mais vous, ajoute-t-il en se tournant vers Steve et Annie, vos vacances ne font que commencer. Voici les clés de la villa. Elle est à vous pour deux semaines. Le réfrigérateur est plein à ras bord. Il y a un bateau, des lignes à pêche et deux kilomètres de plage de chaque côté. Personne ne viendra vous déranger ici. Essayez de reprendre le temps perdu, ajoute-t-il avec un clin d'œil.

Steve et Annie regardent partir Tourignon et les membres de son GIAT avec une étrange impression d'avoir rêvé tout cela. Mais la villa blanche, l'enveloppe contenant vingt mille dollars « pour services rendus » et Donut qui les observe, la queue battant gaiement la mesure sur le bois de la terrasse, confirment qu'une étonnante aventure vient de se terminer.

Au coucher du soleil, pieds nus dans la marée montante, ils s'échangent un baiser qui en dit long sur les deux semaines à venir !

TABLE DES MATIÈRES

Diane Bergeron

Diane Bergeron possède un doctorat en bio-chimie. Elle utilise sa formation scientifique pour le plus grand bonheur des adolescents, garçons et filles, en inventant des intrigues explosives où la science d'aujourd'hui et de demain côtoie le suspense et l'horreur. Elle a été finaliste au prix Cécile Gagnon pour *Le chien du docteur Chenevert*. Avec ses quatre enfants et son conjoint, elle habite la banlieue de Québec.

COLLECTION CHACAL